DU MÊME AUTEUR

Poésie

Poèmes, Fides, 1972 (épuisé)
Notre royaume est de promesses, Fides, 1974 (épuisé)
Pourtant le Sud..., Hurtubise HMH, 1976
Lettera amorosa, Hurtubise HMH, 1978
Invariance, Art Global, 1980 (édition de luxe)
Invariance suivi de *Célébration du Prince,* Noroît, 1982 (Prix Canada-Suisse 1984)
Les chants de l'oiseleur, Art Global, 1987 (édition de luxe)

Contes

La cérémonie, La Presse, 1978 (épuisé)
The Ceremony, traduit par David Lobdell, Oberon Press, 1980 (épuisé)
Agnès et le singulier bestiaire, Pierre Tisseyre éditeur, 1982
L'envoleur de chevaux et autres contes, Boréal, 1986

Roman

Les Demoiselles de Numidie, Boréal Express, 1984

Collectifs

Dix contes et nouvelles fantastiques, Quinze, 1983 (épuisé)
Aimer, Quinze, 1986 (épuisé)
Des nouvelles du Québec, Valmont éditeur, 1986
Depuis 25 ans, Les Presses laurentiennes, 1987
Enfances et jeunesses, Les entreprises Radio-Canada, 1988
*Rencontres/Encuentros — Écrivains et artistes de l'Argentine et du Québec/
Escritores y artistas de Argentina y Quebec,* Éditions Sans Nom, 1989
Aérographies, XYZ éditeur, 1989

Non-fiction

Le petit Thériault, Éditions et Productions Fortuna, 1989

Traductions

Poésie et révolution (Walter Lowenfels), Réédition Québec, 1971 (épuisé)
Rocky (Julia Sorel), Quinze, 1977 et Oyez, 1977 (avec Michelle Thériault)
Gros Thomas (six livrets), (Cristina Lastrego et Francesco Testa), Paulines, 1985
Noël à travers le monde (collectif), Paulines, 1985
L'étalon rouleur (Robert Kroetsch), Québec/Amérique, 1990

Portraits d'Elsa

et autres histoires

L'auteur tient à remercier Michelle Thériault
pour sa précieuse collaboration.

Marie José Thériault

Portraits d'Elsa

et autres histoires

Illustration de la couverture: Marie José Thériault
Calligraphie: Rollande Goudreault
Photo de l'auteur: Josef Geranio

Données de catalogage avant publication (Canada)

Thériault, Marie José, 1945-

    Portraits d'Elsa et autres histoires

    ISBN 2-89026-403-3

    I. Titre.

PS8589.H47P67 1990   C843'.54   C90-096658-0
PS9589.H47P67 1990
PQ3919.2.T53P67 1990

LES QUINZE, ÉDITEUR
(Division de Sogides Ltée)
955, rue Amherst, Montréal
H2L 3K4
Tél.: (514) 523-1182

Distributeur exclusif pour le Canada:
AGENCE DE DISTRIBUTION POPULAIRE INC.
(Filiale de Sogides Ltée)
955, rue Amherst, Montréal
H2L 3K4
Tél.: (514) 523-1182

«[…] Je ne sais rien de toutes ces choses-là.
Je ne saurais qu'en formuler l'hypothèse avec maladresse.
Avec des mots imprécis. Inexacts. Des histoires.»

Christophe Gallaz
Les musiques défaites

PORTRAITS D'ELSA

PORTRAITS D'ELSA

PREMIER PORTRAIT

Quand elle enlève ses bas, Elsa ne les enroule pas jusqu'à la cheville pour les faire ensuite glisser sur le pied. Quand elle enlève ses bas, Elsa les tire par la pointe.

Elle a pour ce geste une façon rigoureusement établie qui dément l'air absent qu'elle affiche en s'assoyant au bord du lit comme si tout cela, cette chambre, certaine heure de la journée, la présence malgré tout un peu suspecte d'un témoin oculaire... comme si tout cela, dis-je, n'avait pas la moindre importance.

Donc, elle s'assoit et pose en même temps son sac par terre. Elle ne montre ni pudeur ni passion lorsqu'elle déboutonne aussitôt son chemisier et en laisse flotter les pans sur ses seins qui, nus, n'impressionnent guère plus que recouverts. L'aplat de son regard est complet, son visage sans mobilité. De là à trouver grandiose l'application d'Elsa à retirer ses bas par la pointe, il n'y aurait que l'espace du désir. Ou celui de l'intérêt.

Observez: elle incline en premier la tête vers ses pieds posés droits côte à côte sur le sol et, pendant un moment, elle les fixe. Puis, tout doucement, elle en glisse un hors du soulier qui l'emprisonne. Sa jambe ainsi à moitié soulevée, elle la ramène d'une main contre sa poitrine, écartant le fendu de sa jupe qui dévoile un sexe charnu, tandis que son autre main se promène une fois ou deux sur toute la longueur du tibia. Elsa, telle une enfant émerveillée, entrouvre la bouche et examine cette jambe avec acuité comme si elle cherchait dans une boule de cristal on ne sait quel indice clandestin de sa condition future. Quand elle en a fini de sa caresse curieuse, Elsa s'empare avec délicatesse du nylon ambre qui encapuchonne ses doigts de pied. Elle tire un peu; le bas résiste. Le regard d'Elsa s'avive — mais si discrètement qu'il faut lui être intime pour le voir. Par sa main droite engagée en un léger mouvement de va-et-vient sous le haut élastiqué du nylon, elle desserre méthodiquement l'étreinte du vêtement autour de la cuisse. Dans un suspens étonnant de son maintien — on croirait Elsa sur le point d'entamer une sorte de pirouette assise et improbable — elle exécute simultanément trois gestes destinés à compléter le déshabillage de sa jambe: elle pousse sur le tissu avec le plat d'une main, elle tire sur la pointe avec les doigts de l'autre, elle remue la cheville en rond. Le pied oscille et se tord et se vrille, et il finit par se dégager de l'emprise du bas. Alors Elsa, paraissant encore hors d'atteinte, paraissant encore concentrée sur son propre zèle, Elsa dénude peu à peu sa jambe aux reflets de fruit mûr, puis elle laisse tomber le bas par terre, en un petit tas mou, à côté de son sac.

La symétrie est parfaite quand Elsa reproduit aussitôt la même séquence pour enlever son autre bas.

Lorsque tout est terminé, lorsque les deux jambes d'Elsa sont nues, seulement alors recouvre-t-elle son regard neutre et la parfaite fixité de ses traits. Elle relève sa jupe autour de sa taille et s'étend — à ma disposition.

En réalité, le rituel d'Elsa ne m'intéresse guère. Pendant qu'il se déroule je regarde ailleurs distraitement en fumant une cigarette. Ensuite, ne croyez pas que je me précipite, non, non. Je reste où je suis encore quelques instants. C'est ma propre patience qui m'excite.

Voilà. C'est le moment. Je jette quelques billets par terre, sur les bas d'Elsa. J'écarte des mains les pans de son chemisier et ses cuisses mates avec mes coudes. Je plaque mes paumes sur ses seins insignifiants - et je jouis d'elle. En vitesse. Tout habillé. C'est à peine si j'ai le temps d'imaginer qu'elle pousse, à chacun de mes coups, un petit cri de chienne.

DEUXIÈME PORTRAIT

D'abord les jambes. Engainées de bas à résille, noirs. «Femme assise» (détail) — comme on le dirait d'un tableau. Juste les jambes. Tout le reste d'Elsa est au-delà de la vision, opacifié par le besoin qu'a N. de capter en premier l'arrogance des chevilles (ces chevilles qu'Elsa a croisées l'une sur l'autre comme doivent le faire les dames élégantes quand elles prennent place dans un fauteuil), ensuite la ligne oblique qui conduit aux genoux, et enfin les genoux eux-mêmes, superbement présents et presque trop pointus.

Ses jambes, Elsa les garde ainsi, immobiles, pendant que l'œil de la caméra de N. les encadre, pendant qu'il en extrait la scandaleuse beauté. Mais pour Elsa, elles deviennent tout à coup postiches et artificiellement fixées à ses cuisses par le troublant désir d'un homme que seul allume le fragment. Alors, elle s'imagine un moment à côté d'elle-même, observant et jugeant du dehors le caprice auquel elle consent, et il lui vient sans qu'elle le réprime un sourire mélancolique si ténu que l'expression complaisante de son visage en est à peine altérée.

N. a déplacé l'angle de l'objectif. Dans le viseur apparaissent les cuisses d'Elsa, doublement coupées en leur milieu — on dirait deux croix côte à côte — par la ligne supérieure des bas que pincent les tiges du porte-jarretelles. Rien d'autre. Le champ s'interrompt juste au-dessous et juste au-dessus. N. fait une longue pause sur ce morceau d'Elsa où la peau presque claire contraste avec les tissus, puis il poursuit son exploration obstinée du corps assis, s'arrêtant à chaque station comme le ferait un pénitent: pubis nu, épilé, obscène; ventre à peine recouvert d'un étroit sous-vêtement; nombril parfait pouvant contenir une once de musc; seins adolescents avec leurs aréoles roussâtres; bras nonchalants et mains passives dans de longues mitaines en chevreau noir; cou, menton, visage... partout l'œil artificiel de N. s'abîme dans la contemplation, mais cette adoration est perçue par Elsa comme un examen diligent et clinique de son innocence pervertie.

N. a emprisonné les traits d'Elsa dans son viseur. Il a allongé une main qui tenait des billets et Elsa les a insérés sous son bas, contre la peau. Puis, N. a dit à Elsa:

— Fais ton travail.

Dorénavant, la caméra de N. ne quittera plus le visage d'Elsa. N. l'y tiendra braquée, il s'appliquera à recueillir le cycle entier des changements qui tourmenteront Elsa au cours des prochaines minutes. Ce léger renversement du cou vers l'arrière, par exemple; cette ride, apparue tantôt entre les deux yeux; le gonflement quasi imperceptible de sa lèvre inférieure quand Elsa entrouvrira les dents pour mieux respirer; les narines qui tressaillent; le hochement de tête voluptueux; la bouche arrondie sur un cri. Tout, mais pas le corps. Tout, mais pas les bras, pas les jambes, ni aucun de leurs remuements lascifs. Tout. Hormis le *travail* lui-même.

Après seulement, N. pourra-t-il traverser son désir. Quand l'écran lui restituera un à un chacun des fragments d'Elsa figés dans leur pose de magazine, N. les incrustera dans sa mémoire. Puis il se rendra avec eux jusqu'au visage mobile de l'actrice dont il calquera la béatitude. Car il n'y a que là, dans ce solitaire décryptage du tout par la partie, que le plaisir de N. peut approcher ses limites dernières.

TROISIÈME PORTRAIT

Elsa en robe d'un parme excessif, cernée par l'écrasant parfum des lilas dont est remplie la chambre. Elsa en robe de petite fille. Fleur parmi les fleurs. Le contour arrondi de la crinoline, pétales où ses avant-bras appuyés paraissent suspendus. Seins menus prisonniers des nids d'abeilles et cou fragile cerné de lin contrastant qu'Elsa tient droit comme une étamine en affichant un soupçon de dépit.

Assise en lotus dans le petit fauteuil, elle montre les chaussettes immaculées dont sont engainées ses chevilles et des souliers blancs, retenus par une double courroie fixée par un bouton qui raye en biais le cou-de-pied. De temps à autre, elle a un drôle de soupir impatient et elle soulève, pour le rabaisser aussitôt, l'amoncellement gonflé de sa robe, donnant à voir à l'homme installé devant elle — s'il est vif, s'il n'est pas distrait par autre chose — la petite culotte en dentelle qu'elle feint de ne vouloir montrer. Ainsi légère, dans les froufrous et les friselis des tulles et des nylons, Elsa fait songer à ces poupées de foire dont les robes croustillantes ont des couleurs industrielles et extrêmes.

Tandis qu'elle se mordille le pouce en l'écoutant, le monsieur lui raconte en détail l'histoire d'une petite fille qui ressemblerait à Elsa, l'histoire d'une petite Elsa pleine d'attentions et de complaisances, toujours disposée au mimodrame, à la mise en scène des fables d'un grand-père curieux de ses fictions intérieures. Le récit qu'il fait à Elsa possède une étonnante légèreté, une inno-

16

cence gracieuse qu'on dirait presque déplacée chez un homme aussi ridé au-dehors, aussi flétri au-dedans. C'est qu'il y a sans doute en lui une nostalgie très grande de la vertu — dont il subit l'emprise de cette manière un peu frivole — et qu'il trouve une vaste part de plaisir à en raviver ainsi les paradoxes et l'inconstance.

Cherche-t-il à être entendu? Il est permis d'en douter. Car peu lui importe qu'Elsa semble abandonnée à elle-même et que de l'ennui ou de l'intérêt, il ne sache dire lequel inscrit sur son visage une expression ni tout à fait alerte ni vraiment brumeuse. Il parle, récite, raconte. Aussi bien, l'on peut se demander si les propos du monsieur, tant qu'ils conservent leur lisibilité, n'amèneraient pas Elsa à discrètement renouer les liens subtils qui accouplent au fond d'elle-même le vice et l'ingénuité. Mais cette suppo-sée clairvoyance risquerait d'être aussitôt démentie par le geste impatient, enfantin qu'a Elsa de brusquement, avec un gros soupir, soulever et rabattre sa jupe sur ses jambes croisées en tailleur.

Le récit cependant se troublera de hachures, il se fera bientôt moins cohérent, et sa ponctuation consistera en gestes à chaque fois plus précis et obscènes. Elsa quittera alors son fauteuil et viendra s'agenouiller entre les jam-bes du vieux monsieur. Là, en petite fille soumise, elle respectera ses instructions exactes et elle bouleversera diligemment ses zones secrètes. L'excès de volants parme, de dentelles et de faveurs, la candeur docile de sa petite Elsa, tant de parfaite obéissance à ses caprices feront bientôt de grand-papa un homme tout entier péné-tré de plaisir.

Mais si, frappé d'extase (comme on dirait frappé de foudre), il geint le nom d'Elsa et pleure le nom d'Elsa et gémit le nom d'Elsa, c'est aussi, c'est surtout de douleur. Car — et nous l'ignorions? — brusquement *il a vu*: la bouche, les doigts qui le travaillent, la bouche, les doigts et les ongles d'Elsa, ces ongles acérés et aigus, cette bouche rouge, ces ongles peints d'écarlate vulgaire et vibrant... Elsa... mon Elsa...

Il a vu.

Une vraie bouche. De vrais ongles de pute.

QUATRIÈME PORTRAIT

— Pour vous, lui dit Elsa, je suis un paradis à perdre. L'enfance et la mémoire et le rêve excavés, puis divulgués dans la moiteur de l'aine, et puis rendus au rien dans un gémissement. Pour vous, je suis encore l'horizon trouble, de toutes mortes confondu — extase mais dégradation mais déraison mais oubli frissonnent sous ma chair fardée (celle-ci masque, voile ou bâche: selon l'épaisseur du désir). J'ai tâche d'apaiser comme j'ai celle de détruire. Je suis toujours votre victoire et votre ruine. La résonance de ce qui fut. Et le néant.

Elsa lui tient à chaque fois le même discours. Le même. Ou un autre discours qui parfois ressemble au premier. Seulement, la séquence des mots varie. Seulement, varie l'ordre des phrases.

— Pour vous, lui dit habituellement Elsa, je suis toutes mortes rendues masquées, l'apaisement fardé, la déraison. Chair et moiteur gémissent, confondues, et sous l'extase, rien. Paradis excavé, dégradé, bâché (pour vous, victoire ou ruine, selon l'épaisseur de l'enfance à perdre). J'ai tâche d'aine et de mémoire, de rêve trouble, d'horizon détruit. Encore frissonne la résonance, car ce qui fut, fut. Mais le voile. Mais l'oubli. Mais le néant.

Elle parle, elle dit cela - qu'il lui demande de dire? — ou elle dit autre chose, mais pendant ce temps Elsa n'a de regard qu'impénétrable comme sous l'emprise d'une singulière inconscience (car on ne saurait parler ici d'ingénuité) ou alors d'une *douleur* qui la rendrait étrangère à, en rupture avec, détachée de: tout. De tout. Sauf de ses doigts à lui, doigts aériens, doigts déliés, ardents à doucement dépouiller Elsa de sa matérialité.

Elle parle, elle dit ceci ou cela ou elle dit autre chose, comme une qui ânonnerait un texte appris dont elle embrouillerait parfois l'ordre logique (encore que). Mais tout ce temps elle bouge à peine et elle reste debout, bras ballants de chaque côté du corps, entièrement donnée aux mains qui, délicatement, l'effeuillent. Lui, par l'accès attendu du chemisier ouvert (il en a déjà défait les boutons pendant que nous relations les paroles d'Elsa), effleure ses seins menus et, de sa langue, en impatiente la pointe.

Elle parle, elle dit n'importe quoi ou autre chose. L'homme exerce à présent sur son corps un pouvoir déroutant.

Elsa — trop fortifiée par son art ou plutôt de pleinement savourer? — tressaille avec lenteur sous cette bouche qui la marque au fer.

Il a — vite vite tout à coup on ne sait pourquoi — fait tomber par terre puis rejeté au loin la jupe qui engainait Elsa. Sans la jupe, Elsa est nue.

Non. Pas nue. *Presque nue.*

Pause. Regard de l'homme. Ses doigts d'elfe musicien rejoignent et frôlent et font chanter çà, là, la blanche peau d'Elsa.

Le voici qui se laisse glisser à genoux dans l'intimité d'une résille noire répandue sur les jambes que, l'une après l'autre, sans se presser, il dénude à deux mains. Insérant ses index entre nylon et chair, il tire, roule le bas d'Elsa jusqu'au genou d'Elsa, puis du mollet jusqu'à la cheville d'Elsa, puis sur le pied d'Elsa, puis.

Puis plus rien enfin qu'une jambe nue, deux jambes nues. Il les mordille. Il les lèche. Il les *tourmente* — comme s'il s'agissait de suppliciées.

Elsa ne récite plus à présent, elle ne le saurait. Elle gémit seulement des «Pour vous, je suis» de toute sorte, des «tâche d'aine» incohérents, des «rêves divulgués» dictés ou de son cru, et elle ignore (mais peu importe) à qui, de lui ou d'elle, elle les destine.

Ensuite — trop tôt, songe-t-elle —, il prend (il aime?) Elsa. À demi dévêtu et à demi couché, dans l'empressement de celui qui se croirait en retard sur elle — ou sur lui-même. Mais bon. Mais apaisant. Quand leur plaisir a lieu, il n'est ni faible ni muet: il résonne de ce qui fut.

Puis, le néant.

Les billets roulés, il les glisse (non sans tendresse tant soit peu machinale) entre les lèvres turgides du sexe d'Elsa.

20

Elsa pleure. Comme à chaque fois.

Car elle le sait: elle est pour lui toutes les femmes. Et elle n'en sera jamais aucune.

CINQUIÈME PORTRAIT

Le regard d'Elsa est à l'orée de la hargne, juste en deçà, plutôt dans le mépris. On la dirait prête à lancer un ordre ou cracher une insulte, mais pour le moment elle se tait. C'est qu'il lui faut d'abord le soumettre, lui, en silence. Priver de sa voix l'homme rampant qui la lui réclame, lui refuser le commandement dont il jouirait.

Le regard d'Elsa est dressé à capter le moindre indice de plaisir pour aussitôt, d'un mouvement brusque, le déraciner, en empêcher le progrès. Il est dressé à l'irrespect et au dégoût, à de muettes exigences qui avilissent celui qui, devant elle, à ses pieds, désobéit puis obéit avec une extraordinaire ferveur. Le regard d'Elsa est dressé à déceler les paradoxes de ce rapport, à en jouer, comme à en débrouiller aussi *la très confuse hiérarchie.*

Le regard d'Elsa est dressé à dresser.

De même ses gestes. De même ses mots.

D'une main, d'un bras ganté jusqu'à l'épaule, Elsa saisit très lentement le martinet logé entre cuissarde et peau. Faut-il donc s'étonner si la manœuvre d'Elsa fait germer dans la gorge de l'homme une plainte sourde, façonnée à la fois de peur et de désir, quelque chose comme un lamento entre sanglot et chant? La vue du petit fouet — dont elle n'use pas encore, mais qu'elle se contente de *montrer* — suscite en lui de fugitives pensées clandestines, interdites, dont il ressort troublé et que, anticipant la volonté d'Elsa, il expie (dirait-on) de lui-même.

Mais Elsa ne saurait tolérer pareil empressement. Désormais, proférés ou muets, les ordres se succéderont qui le maintiendront infiniment dans une abjection en quelque sorte suspendue au-dessus de l'extase, jusqu'à saper chez lui tout reste de dignité.

Il serait illusoire de prétendre décrire avec des mots, sans les prostituer, ce qui s'exécute à présent; se le représenter suffit. Car dans le périmètre de cette chambre fleurie, aux meubles presque délicats — décor dont la joliesse est démentie par les acteurs et par les accessoires —, s'incarnent des perversions d'une intensité si parfaite, d'une vulgarité si absolue qu'il en émane à la fin une sorte de splendeur.

Après, quand tout a été consommé (parce qu'Elsa l'a permis), rampant sur les genoux et sur les mains (ultime humiliation), il dépose entre les cuisses bottées d'Elsa assise les billets qu'il tient dans sa gueule — comme on dirait d'un chien.

Le scénario (son scénario) dont Elsa a respecté *rigoureusement* la moindre didascalie prend fin au moment précis où l'homme la quitte. Par conséquent, qu'Elsa, levant les yeux, aperçoive son propre reflet dans la glace n'est plus dû qu'au hasard.

Décidons (licence d'auteur) qu'Elsa se sourit tout d'abord dans une ironie lasse. Mais décidons aussi que son sourire ne dure pas, qu'une envie subite la saisit —

22

que, bien sûr, elle n'avait pas prévue, qui n'était pas écrite — de se cracher au visage. Et décidons surtout qu'elle le fera.

DERNIER PORTRAIT

Moi, Elsa, je lui échappe. Alors, pour me reconstituer, il me demande: «Parlez-moi de vous», et il note. Dans une écriture fine, sciemment négligente, il enregistre les mots que je prononce et parfois, croyant que je ne m'en apercevrai pas, il en remplace un par un autre.

De longs récits me traversent de leur beauté ou de leur hideur. D'où qu'ils me viennent, je les reçois avec urgence comme s'ils devaient aussitôt disparaître, mais c'est dans la pondération que ma dictée a lieu. En ces moments où je devine qu'un certain secret ne réduira ni la portée ni l'effet de mes paroles, la trace de celles-ci est brève dans l'espace, suspendue comme l'élan que vous auriez retenu juste avant qu'il vous donne au vide. Et puis, quand il le faut, à l'insu de mon scribe, je supprime ces drageons dont la survie affaiblirait mes dires.

Entre lui et moi se rétrécit ou s'élargit l'espace selon que les mots ouvriers sont enveloppes de plaisir ou bornes de douleur (nous avons cela en commun avec les couples ordinaires — mais je crois que la comparaison peut s'arrêter là, car, pour nous, les vraies ruptures relèvent autant de l'absurde que sont fatales nos alliances: notre symbiose est parfaite jusque dans ses manques).

Or, quand il arrive que nous soyons très près l'un de l'autre, j'exerce une surveillance discrète sur les mouvements de son stylo. Prend-il trop de libertés? j'oriente la suite «en fonction». Je rectifie tant soit peu. J'équilibre. Mais de tout cela je m'assure qu'il ne saura rien. La plupart du temps, je l'avoue, sa *ductilité* — admirable — ressemble assez à celle du calligraphe dont un poète dit (lequel?) que sa main «doit être vide» pour être inspirée. Il devient alors un fil d'encre sans brisement ni fin, même dans ses brèches (ses arches d'accès?) que toujours habite un souffle primordial.

De temps à autre aussi (est-ce qu'un certain désordre s'installerait?) nous prenons nos distances. Mais de propos délibéré ou non, impossible de le dire. En ces moments-là où rien ne m'assure qu'il est respectueux de ce que je lui suggère, moi, ElsaElsa, je doute le plus *de la réalité que nous m'inventons*. Car je ne suis plus sûre de reconnaître mon registre, mes tempi ne sont plus tout à fait mes tempi, ma mélodie elle-même se dérobe à mon influence (je n'oserais parler ici *d'autorité*), bref, je m'échappe à moi-même. On pourrait presque croire — sans avoir vraiment tort — à la suprématie de mon copiste (de mon créateur?). Mais à voir comme j'endosse enfin — avec un confort variable — les rôles qu'il m'assigne sans me consulter, ne pourrait-on aussi me soupçonner de lui concéder volontiers, au moins un tout petit peu, au moins de temps en temps, la prééminence dont il jouit?

Où gît la vérité?

Qui est la vérité?

Que nous en venions toujours à nous tisser, par des opérations stratégiques organisables à l'infini, de très pénélopiennes attaches, cela ne fait aucun doute. Mais en dépit de nos liens, au bout du compte, moi, ElsaElsaElsa, entre toutes moi multipliées, je ne sais au juste où vont les préférences de celui qui me transcrit.

Et j'ignore aussi (et j'ignore surtout) lequel de nous est *l'autre* dans cette singulière conversation où nous sommes seuls, ensemble.

MAINS-MAISONS

Elle se dit dommage, la ville s'en va sans qu'il soit possible de la regarder, c'est toujours ainsi lorsqu'un train quitte une gare, la ville auparavant déployée, exhibant sans gêne son relief, la voici rétrécie, concentrée derrière les wagons qui l'éclipsent, devenue gaine dont le convoi s'extrait, qui se resserre autour de lui pour le retenir encore peut-être, dommage, on ne voit rien que d'interchangeables banlieues, des usines, on a beau se tordre le cou en collant sa joue à la fenêtre, la ville n'est plus visible, ne l'était plus dès l'instant où le train s'est mis en marche, elle se dit les villes ne sont qu'apparence, les villes ne sont que décor pour des trains qui partent, elles n'ont aucune existence propre, le train parti, elles se volatilisent, dommage, dommage, combien de fois encore ce leurre, celle-ci m'avait presque paru vraie.

Le matin tombe dru sur ses mains. Vieillies. Cette manie que tu as de ne pas porter de gants en hiver… Maintenant, regarde: ta peau met plus de temps à retrouver son lisse, quand on la froisse les plis refusent de se détendre. On dirait. Ne se détendent en tout cas pas tout de suite. Elle frotte lentement ses mains l'une contre l'autre. Puis les fait s'entre-envelopper: paume sur dos sur paume sur dos. Et encore, paume contre paume. Geste d'homme. D'homme mûr et un peu fatigué. Jamais d'homme jeune. Pourquoi lui vient-il à elle, tout à coup? Troublant exorcisme qui la sépare de ses mains, efface leur flétrissure. Mais l'âge de l'âme? Alors un second geste s'impose et la distrait: tirant de son sac un plan de ville, elle le déplie sur ses genoux.

Elle peut s'orienter pour ainsi dire les yeux fermés dans une ville en papier. Souvent, elle y règle en secret des parcours dont le sens échapperait à quiconque, et ce n'est pas sans plaisir qu'elle s'abandonne alors au treillis des avenues et des squares. Mais la ville elle-même, la ville en chair, l'étouffe.

Par la fenêtre un paysage défile qu'elle ne reconnaît pas, qu'elle ne regarde guère. Je t'aime, songe-t-elle. Elle ignore qui. Terre ouverte, saccagée. Une maison accrochée à une pente. Elle dit je t'aime, comme ça, pour l'harmonie des mots dans sa tête et les promesses qu'ils cachent. Grasse couleur du labour en égales tranchées. Il y poussera du millet noir. Elle dit je t'aime à rien, à personne. Sa main sur le plan de ville glisse au long des boulevards et traverse des ponts.

Hier encore elle aurait su mettre un nom sur celui qui ne voulait pas d'elle. Aujourd'hui, elle a oublié.

Mais elle retient *l'espace* que cet oubli occupe, le redoutable envahissement de vide qui pousse contre ses côtes pour les disloquer, qui installe dans sa gorge une sombre et dense terreur. Alors, elle se sait égarée, à l'écart, et pourtant au beau milieu du monde.

Pressent-elle l'approche clandestine du destin quand brusquement elle range le plan de ville? D'où lui vient ce subit besoin d'écoute comme si lui parvenaient, audibles pour elle seule, des résonances curieuses tout à coup? Ce sont des bruits vivants, battements d'artères et bourdonnements d'êtres: toute une ville en mouvement, mais autre. Une ville encore jamais sue.

Elle ne reconnaît pas encore les sons qui approchent. L'atteignent. La touchent. Alors elle se raidit. Recule. Reste séparée d'eux, en deçà de leur nouveau leitmotiv. Elle s'en méfie, craint leurs repères renversés comme un gant qu'on retourne, et médite déjà sur ce qu'elle y décèle de troublant.

Oh Dieu. S'engouffrer au-dedans d'elle-même. Poser ses mains sur ses yeux. Ne rien regarder. Ne rien voir. Rien. Surtout pas cette gare où le train s'arrête. Ne pas tenter d'identifier le lieu ni l'instant en pointant l'index vers ceci ou cela, ne pas dire tiens, tiens, regarde… Ces mots, ce geste suffiraient à assurer l'existence de ce qu'ils désignent. Reste tranquille. Ce que tu ne crées pas ne peut pas te faire de mal. Perpétue le suspens où tu erres, tes détresses familières te menacent moins (crois-tu) qu'une nouvelle douleur.

— C'est libre?

Elle sursaute. Il n'y a dans le wagon que les passagers de tout à l'heure. Agent d'assurances occupé à noter des primes, des franchises, des garanties, son porte-documents ouvert à ses pieds; dame bien mise, aisée, oisive: ne lit pas, ne parle pas, réfléchit sans doute à peine en mignotant sa bague ou son collier; étudiante, le nez fourré dans un manuel aride rédigé en allemand; monsieur d'un certain âge: il dort la bouche ouverte en tenant ses deux mains pressées sur sa poitrine; à côté de lui, son genou frôlant le sien, un garçon d'une beauté extrême, noir et or, que l'on dirait surgi d'une murale byzantine.

— C'est libre?

Personne n'a parlé. Mais la voix remue en elle, insiste. La voix la force à émerger lentement de son état second, à comprendre enfin que ses peurs, ses méfiances se concentrent là, s'expliquent là, dans cette voix moyenne, ordinaire, sans autre séduction que sa douceur et son chantonnement quand s'élèvent les dernières syllabes par l'effet de l'accent.

— Libre? Vous m'entendez?

Alors, elle l'aperçoit. Par-delà la fenêtre. Dans un autre wagon d'un autre train tout proche, il est assis, le visage tourné vers elle, et il sourit.

Des images par brassées sortent de ses yeux clairs pour entrer dans sa tête à elle. Elle les reçoit comme elle avait reçu ses mots: désarçonnée par sa propre audace à héberger d'un coup toute la calme assurance de l'homme chargée de prédictions. Sans doute est-ce l'étrangeté de ce rapport soudain qui la déconcerte? Ce qui va de lui à elle n'emprunte pas les chemins ordinaires, mais traverse la matière et peut-être le temps. Il lui semble qu'à la fois elle en ignore tout et n'en ignore rien, qu'à ce moment s'amorce un jeu de *mémoire presciente*, pourquoi pas, en tout cas un phénomène rare auquel elle ne peut ni ne doit résister.

— Oui. C'est libre. Tout à fait libre.

On comprend qu'elle n'a pas à dire ces mots: les penser suffit, surtout s'ils s'accompagnent du geste de porter la main au cœur comme on jure devant Dieu et devant les hommes. On comprend aussi que ces mots ont le pouvoir d'abolir la distance entre les deux wagons, et aussi les deux wagons. Ne restent plus qu'un homme et une femme en présence, retenus l'un par l'autre, et par tout le temps qu'ils ont mis à se trouver.

Ou à se retrouver.

Une vision la submerge: deux enfants soudés autour d'un noyau blanc qui projette une vive lueur tournoient dans l'infini. Ils sont couchés tête-bêche, en chien de fusil. Un sourire éclaire leurs visages jumeaux tandis qu'ils volent dans l'éther, parfaitement heureux et libres. Ainsi pendant des siècles. Mais quelque chose les sépare, fend en deux le noyau blanc qui les reliait, et place chaque enfant avec sa moitié d'âme sur des orbites différentes. Ils errent longtemps sans jamais se croiser, pas heureux, pas malheureux, habitués à leur sort. Puis, vient la solitude de la répétition, qui dure quelques siècles de plus. Et quelques autres. Et encore quelques-uns. Alors l'âme à deux corps, lassée de tant de rien, se met à traverser les années et l'espace à la recherche patiente de son double.

Ne sommes-nous pas ce double? (Cette fois, c'est lui qui pense.) Ces jumeaux grandis et un peu fatigués d'avoir

31

fouillé le monde et la mémoire du monde? D'avoir percé à jour la vaste, la théâtrale supercherie de la jeunesse? Nous ne savons plus fermer les yeux devant les rapiècements des praticables, les accrocs aux costumes, les postiches fanés et les fards. Nous sommes des enfants arrivés à bout d'âge: dans ton regard et dans le mien sont enfouis tous nos rôles, toutes nos tirades, tous nos jeux. Classés. Jeté le texte. Baissé le rideau. Il faut recommencer maintenant, sans masques ni mensonges ni travestissements.

— Mais j'ai si peur d'être trop nue…

Paroles non prononcées pourtant puissantes: elles ébranlent les convois, diffèrent la rencontre. Tant que tu la craindras, cette gemellité demeurera embryonnaire. N'est-ce pas ce qu'il lui dit en regardant doucement au profond de son âme? Au même instant les trains se mettent en marche, se séparent, s'éloignent l'un de l'autre, vers le nord, vers le sud. Vers le temps qu'il faut pour cesser d'avoir peur.

Oh… ce froid, subitement… cet abandon… Habituée aux familières absences, pourquoi perd-elle pied devant celle-ci?

Elle remarque cependant que pour une fois la ville ne se replie pas derrière, mais forme un hémicycle visible dans la distance. Un repère. Le train a beau filer déjà à bonne vitesse, la ville ne s'éloigne pas. En tournant la tête juste un peu, elle l'aperçoit, rose et chaude dans le jeune après-midi, exsudant la douceur que lui a laissée l'homme.

Par réflexe, elle tire de son sac le plan de ville, va pour le déplier mais aussitôt se ravise. Passer le temps en faux parcours? Passer le temps? Passer?

Elle déchire le plan en morceaux minuscules, ils forment par terre un amas bleu et rose où l'on ne distingue plus les fontaines, les monuments, les avenues. Toutes les rivières ont confondu leurs eaux, les cathédrales leurs pierres. Ville naguère bien quadrillée. Beau dessin. Belle figure. Beau décor. Maintenant rebuts extravagants de petits angles et de petites courbes. Inutiles. Anonymes. Oubliables.

Dommage un brin, tout de même: je ne reconnais plus ces lieux où j'avais cru aimer. Regret léger, si léger, comme celui que l'on éprouve en retrouvant les signes de son enfance: l'école, le marchand de cahiers, les balançoires... Une drôle de tendresse avec un sourire dessus.

Dehors, l'après-midi s'est installé. Le train file à travers la campagne. Le soleil place des ocelles de lumière sur les troncs des grands sapins à franges, sur leurs branches recourbées qu'ils portent comme un châle avec des élégances de danseuses. Ici et là, des fermes accroupies dans un repli formant berceau, protégées par la montagne mère, attirent, rassurent: moelleux fumets de soupe dans les vastes cuisines; bûches d'automne et d'hiver sous la cendre des âtres; et les duvets des lits pareils à des cocons. Elle rêve. Des images sans vrai lien entre elles défilent dans sa tête. Il y est souvent question de la douceur extrême d'un jardin blanc et vert, et parfois de très longs voyages. Elle passe sans transition du petit carré où pousseraient la sauge, le fenouil, le persil et l'oseille aux roseraies remplies de colibris, puis aux plateaux pelés d'un Orient proche, à des rivières, des calanques, des baies dont les noms la fascinent. De temps à autre un visage se superpose au premier reflet de ses rêveries, celui de l'étranger de tout à l'heure. Des présences palpitent alors dans les yeux de l'homme, tableaux de songes et de départs. Elle comprend qu'ils répondent, les sauvegardant, aux siens.

Puis, l'image se trouble. Ses craintes reviennent en toute hâte. Il fait si sombre là où elle se trouve! Si noir! D'où lui arrive donc cette peur opaque, dense à trancher au couteau? Il lui semble être enfermée dans un grenier, sans air ni lumière. Elle est perdue dans ce va-et-vient entre désir et fuite, ces incertitudes, ces angoisses et ces joies mêlées. Elle ne reconnaît rien de ce qui la chavire; les anciens scénarios ne la guident plus.

Une voix l'appelle. D'en bas, on dirait. Oui. Elle est en haut d'un escalier à claire-voie, sans rampe, un escalier comme elle les déteste. Comme elle déteste d'ailleurs tous les escaliers. En particulier celui-ci, plongé dans la noirceur. Elle voudrait, elle veut descendre vers la voix d'homme qui répète son nom. Elle pose même son pied sur la première marche. Mais déjà, elle tremble de terreur. Recule. Plaque son dos au mur en cherchant son souffle.

La voix dit son nom à nouveau. Insiste encore.

Essaie. Tu ne vas pas rester ici toute ta vie? Elle s'encourage. Se convainc. Pas à pas, elle se rend jusqu'aux degrés qui la terrorisent. Elle s'accroupit dans l'escalier pour le descendre en s'agrippant des deux mains à chaque marche, l'air d'une enfant qui chancelle sur ses jambes toutes neuves. Mais cela ne suffit pas et elle se sent glisser, tomber dans un grand trou, un immense vide ouvert d'un coup sous elle.

Le souffle lui manque. Elle n'a même pas la force de crier. Mais au moment où elle croit sa dernière heure venue, un corps empêche sa chute, la retient entre deux bras puissants. Non non mais non c'est moi n'aie pas peur n'aie pas peur.

Puis un silence. Il caresse ses cheveux.

Pleure-t-elle maintenant? Un peu, un tout petit peu. Avec aussi le soupir de quelqu'un qui arrive au bout d'une très longue attente. Ou d'un très dur combat.

— Ça va mieux?

Nouvelle gare. Nouvelle étape. Les mots glissés dans sa tête la tirent de sa rêverie.

Il est là une deuxième fois dans l'autre train, vis-à-vis d'elle, la regardant, lui souriant. Et ce ne sont pas les passagers qui descendent ni ceux qui montent, les bousculades pour une place et ces bagages que l'on pousse et soulève qui pourraient la distraire de lui, car elle est maintenant tout entière prise par l'asile de ses yeux.

Pour lui répondre, elle se lève et, baissant la fenêtre, cherche à le toucher à travers l'espace qui les sépare. Mais lui ne bouge pas de sa place, comme s'il devinait qu'au fond d'elle subsistent quelques misères et infortunes, petites taches d'angoisse, petits restes de peur. Il le voit au bout d'âme qu'elle lui montre par l'échancrure d'un demi-sourire, il le voit à ce qu'il y a d'hésitant encore dans son mouvement vers lui, à ce qu'elle est encore, malgré tout, dans un train et lui dans l'autre, et au rien qu'elle fait pour en changer.

C'est vrai: elle referme la fenêtre et se rassied. Un peu triste tout de même, un peu honteuse aussi. Elle baisse la tête, cherche une contenance. Quelle petite fille tu fais, se dit-elle. Quelle enfant.

Pendant ce temps, les trains se sont remis en marche, l'un vers le nord, l'autre vers le sud. Elle ne tourne pas la tête en direction de l'homme qui s'éloigne. Elle connaît un peu sa patience. Elle sait qu'il reviendra au moins une autre fois.

Le soir tombe. Elle a froid de tant repousser l'échéance, froid de l'absence qu'elle perpétue ainsi, froid de l'homme qu'encore elle tient pour irréel. Beau crépuscule violet et rose. Elle ne s'approuve guère de refuser l'évidence des signes où lire désormais le mot *amour*. Le soleil accroche des fanions déchirés aux arêtes des montagnes, on les dirait là-haut revêtues de luxueux haillons. Des ombres du tard jour les brisent par endroits d'un coup de sabre. Ce serait dommage que par ta faute un jour tu en viennes à dire ç'aurait pu être. Sera-t-il toujours là quand tu voudras le regarder? N'en as-tu pas assez de ces trains? De ces gares? De ces convois qui n'en finissent plus d'arriver nulle part?

Lorsqu'elle appuie sa tempe sur la vitre de la fenêtre en fermant les yeux, des fragments de futur entrent dans sa mémoire.

Petites images quotidiennes qui dissipent le reste de ses peurs.

Maison douce, enveloppante: un nid. Repos-repas. Tendres dimanches d'hiver, un livre est ouvert sous la lampe. Je t'aime. Prendrais-tu encore un peu de café? Des fenêtres partout, follement percées, cadrées exprès sur des coupures du dehors voulues comme de vivantes photographies. Musique. Et les jours ouvrables: chacun pour soi. La campagne envahit la cuisine avec ses parfums d'herbes et de mijotages. Je t'aime. Clé dans la serrure: son de présence jamais entendu, tant attendu, enfin là. Tu m'as manqué. Oui. Et toi. Tu as faim? Printemps sur le platane. Bientôt sortir les fauteuils et la table en rotin. Et réparer le toit qui coule. Si le beau temps persiste, le jardin profitera. Viens là, plus près. Comme ça. Et se taire, car il faut parfois s'éloigner un peu en soi pour mieux retrouver l'autre. Savoureuses promenades nocturnes du plein été. Je t'aime. Châtaignes d'octobre éclatant dans la cheminée. Quel est ce bois qui chante en brûlant? Les lueurs du feu zèbrent la bibliothèque enroulée autour des fenêtres et des portes. Si tu le préparais, je boirais bien un chocolat. Quel tour de force toutes ces années avant ceci. Avant toi.

Embellissement de tout.

L'homme, elle le reconnaît maintenant, la fait échapper à l'envie de mourir.

— Je ne saurais plus m'endormir sans tes bras.

— Tu vois? Ce n'était pas si difficile.

Les trains ont disparu par enchantement.

Il, elle, sont tous deux sur un quai, séparés par des rails, face à face, se regardant. Mais son âme à elle baisse pour ainsi dire les yeux, presque honteuse d'avoir mis tant de temps à se remettre de ses détresses.

Lequel ira à la rencontre de l'autre? Il faut emprunter un passage souterrain fait d'escaliers et de corridors. Encore quelques tortueux parcours, encore quelques risques de s'égarer. L'habitude et le réflexe.

— Résisteras-tu?

— Me pardonneras-tu?

Mais oui. Oui.

Cette fois la ville existe pour de bon, la ville est un cercle complet dont elle et lui forment le centre. Ni apparence ni décor pour un train qui s'en va, elle montre enfin ses esplanades, ses jetées, les sentiers à marcher de ses parcs. Ni illusion ni décalage. Finis tous ces mensonges dont nous avons tous deux fait les frais.

Un plan? Pourquoi faire? Les vrais parcours ne s'inscrivent pas sur du papier. Ils sont là. Dans les lignes touffues de tes mains chaudes et bonnes, pareilles à des refuges, à des abris.

Ils prononcent tour à tour des phrases jamais dites, début et à la fois prolongement. Leurs paroles s'emmêlent, on ne sait plus très bien qui parle, qui répond, mais peu importe: elle donne aux mains de l'homme ses mains de femme. Et puis:

— Dorénavant, fait-elle, tu t'appelleras ainsi: Mains-Maisons.

LE PASSOCÉAN

Ma tante Augusta était la lavandière des goélettes qui arrivaient d'Europe. Plutôt grande et ossue avec de larges épaules, elle battait son linge en bord de golfe, sur la grève, à la résurgence de la rivière Qui-se-Dépêche, dont l'onde impétueuse coulait souterrainement entre la montagne et la mer.

Je parle d'il y a bien longtemps. Les autorités du village ont, depuis, construit une petite jetée en béton juste au point d'émergence des eaux douces. Mais en ce temps-là, m'a-t-on dit, on pouvait voir celles-ci épouser l'eau salée par-dessus les galets.

Or, un jour qu'elle mettait sa lessive à sécher à l'abri des marées, Augusta aperçut des voiles à laizes verticales comme celles des morutiers de Dunkerque, à cette différence près qu'elles lui parurent d'une couleur indéfinissable et sombre, entre gris et vert ou entre vert et bleu.

Il est de ces journées qui restent à jamais vivantes en soi à cause de quelques petites joies franches ou d'une bien grande douleur. Tante Augusta en entamait une au moment précis où elle vit les grandes voiles gonflées venir si proches d'elle sur la mer qu'elle pouvait presque en compter les coutures. C'était à l'endroit le plus abrité de la côte que ne tourmentent pour ainsi dire jamais les houles d'un océan inquiet, une échancrure évidée entre deux pointes en archet plantées d'épinettes noires qui la garantissaient des grands vents. Tante Augusta crut reconnaître le bâtiment à sa silhouette et à son allure, car elle avait celles-ci gravées dans la moie du cœur. Et bientôt, au nom peint sur la coque près de l'étrave et visible en oblique, elle sut sans l'ombre d'un doute que le *Passocéan* était enfin de retour.

*

— Là-bas, les goélettes marchent dans les canaux qui sillonnent ma ville. Toute la ville est un port, toutes ses rues des quais. Les mâts poussent comme des arbres sur le pas des portes, et les vergues et les cornes sont si proches des maisons qu'elles entrent dans les cuisines. Une forêt, crois-moi si je te le dis, n'a pas plus de bras. Les femmes songent, en regardant ces morutiers naviguer dans le calme, juste sous leurs fenêtres, à la force aveugle qui si souvent les désempare en haute mer, et elles ten-

40

dent l'oreille pour entendre les noms de leurs disparus que l'écho de l'amour redit entre les haubans.

Tante Augusta écoutait son marin parler comme un poète. Il était assis sur une pierre, les yeux perdus sur un là-bas qu'il inventait pour elle, qu'il se remémorait pour elle, qu'il lui embellissait. C'était un gaillard d'homme, plutôt fait pour les longues campagnes et les grains que pour cette rêverie ensorceleuse rythmée par les coups du battoir. Ses dents luisaient dans sa barbe. Sur ses mains et ses bras habitués aux manœuvres couraient de longues veines en saillie, claires contre la peau sombre. Augusta — qui alors était jeune et sensible aux vertus apparentes — le trouvait beau.

— Là-bas, disait-il, le parfum du brai et celui du goémon entrent ensemble dans la masse des pierres, tout le pays a un goût d'océan et de radoub, plus violent encore quand le ciel est fermé et bas. Si l'on se tient sur la hauteur du cap, là où l'œil a de la liberté, on dirait bien, ma foi, que ce parfum et ce goût ont aussi une couleur, jamais la même qu'en ville — pas moins belle, mais pas la même —, en vérité une couleur indéfinissable et sombre, entre gris et vert ou entre vert et bleu.

Cinq jours avant, le *Passocéan* était arrivé; cinq jours avant, la goélette avait gouverné pour la première fois dans nos eaux.

Comme elle le faisait toujours quand accostait un nouvel arrivant dont l'équipage n'avait pas encore ses habitudes chez elle, tante Augusta était montée à bord pour annoncer ses services. Parmi les pêcheurs venus ensuite lui confier leurs sacs marins bourrés de linge à laver, il y avait le patron, un certain Jean Grandjean, qui portait bien son nom. Tante Augusta, qui n'avait pas accumulé de ravages, ne savait pas se méfier de l'amour quand il s'exerce de la sorte, sans qu'on s'y attende. Du regard de Jean Grandjean au sien passèrent des lueurs toutes chargées de mots.

Cet épisode on ne peut plus bref où leurs cœurs, seuls, se touchèrent — mais qui pourrait trouver à y redire? — marqua le début entre eux d'un commerce assidu où la chair eut aussi sa place. Dès lors, et pendant tout le temps que le *Passocéan* demeura à quai (une semaine, pas davantage), Jean Grandjean et tante Augusta furent aussi inséparables qu'un navire et sa houaiche, faisant fi des censeurs du village qui les eussent voulus plus chastes ou plus mariés. (Car ma tante Augusta était une grande personne, elle vivait seule et ne rendait de comptes à qui que ce soit. Jean Grandjean était le patron du *Passocéan,* un homme fait, maître de sa vie, que l'on ne se mêle pas d'enseigner.)

Bien vite on les laissa tranquilles. Leur fougue leur fit tout rêver, tout oser, tout croire.

— Tu es mon remède contre le mal de mer, disait-il à tante Augusta.

— Tu es mon remède contre le mal de vie, disait-elle à Jean Grandjean.

Ce n'était pas un suspect sentiment de passage qui avait pu leur inspirer ces aveux. Le *Passocéan* avait en belle de reprendre tôt ou tard la mer (plus tard que tôt s'il en tenait seulement à tante Augusta), leur amour survivrait, car leur amour, en quelques jours à peine, était devenu une entité autonome, une chose vivante — tel un enfant qu'ils auraient mis au monde — détachée d'eux et plus vraie qu'eux.

Mais il fallut bien que le *Passocéan* appareille.

— Coûte que coûte, je reviendrai.

Tels furent les derniers mots de Jean Grandjean.

Tante Augusta avait l'habitude de certaines attentes: l'attente du printemps au cœur de l'hiver; celle du soleil quand il pleut; celle des goélettes quand le quai est désert; celle des pêcheurs partis en barque quand le ciel s'ouvre et que l'orage en tombe... Tante Augusta mit toutes ses attentes bout à bout avec, partout, qui doublait chacune d'elles comme son ombre ou l'enveloppait ainsi qu'un pardessus, l'attente du retour de Jean Grandjean. Elle s'employa de la sorte d'abord à les trier et à les classer comme elle le faisait de son linge, puis à les mélanger, puis à les embrouiller complètement. Tante Augusta se confondit bientôt à elles, elle ne fut plus qu'elles, elle ne fut plus qu'une seule et même attente toute ramassée sur elle-même, prête à s'élancer, prête à bondir vers la haute mer, vers la douloureuse mer, au premier signe du *Passocéan*.

Mais le *Passocéan* ne revint pas, et les nuits entrèrent dans les jours, et les jours dans les semaines, et les mois dans les années. Tante Augusta fit de même. Elle atteignit ses trente ans, puis presque ses quarante ans, tout juste aussi vivante qu'on peut l'être quand il y a bien longtemps qu'on ne l'est plus.

*

Tante Augusta blêmit-elle d'émotion quand elle comprit que la goélette qui venait à sa rencontre était bien le *Passocéan*? Je ne sais. Mais il lui sembla qu'on la tirait d'une remémoration vieille de dix siècles devenue, à force, une sorte d'amertume clairvoyante dont elle subissait l'empire comme un bienfait. Augusta s'était habituée à l'invasion chaque jour plus passive de ses souvenirs, elle s'était faite à leur présence absolue qui circonscrivait son existence. Elle vivait depuis trop longtemps sous l'emprise de l'attente qui en avait fait — mais sans violence — sa prisonnière servile. Ainsi, parce qu'elle transformait le cours de son tranquille esclavage, pendant une seconde la venue du *Passocéan* parut à tante Augusta une importunité.

Mais il y avait encore un peu de femme en tante Augusta. Elle se secoua: la vie lui avait donc gardé une petite place? Dès lors, la grave immensité du moment l'atteignit.

Oui, en vérité, le navire de Jean Grandjean était enfin de retour. Mais que faisait-il ici, dans la baie, plutôt que de l'autre côté de la pointe où se trouvent les quais? Tante Augusta crut que, par une fausse manœuvre, le *Passocéan* avait manqué l'entrée du port.

— Il vient à la côte, c'est sûr! Il s'échouera!

Elle courut au village pour prévenir, et qu'on aille chercher les sauveteurs.

— Voilà cette pauvre fille qui se fait des imaginations, dirent à part soi les hommes groupés au magasin général.

44

Ce ne pouvait être le *Passocéan,* de ça ils étaient certains comme le curé est certain qu'existent Dieu et diable. Mais une goélette qui s'en va à la côte, peu importe laquelle, est une goélette qui s'en va à la côte. Les hommes dirent à Augusta:

— Le temps de rassembler tout, on arrive.

Elle les précéda jusqu'à la baie. Le *Passocéan* était toujours là, plus près encore si c'est possible, avec en outre quelque chose qui tout à l'heure n'y était pas: une silhouette familière debout en équilibre sur le beaupré, une silhouette figée là et qui semblait la regarder. Jean Grandjean.

Tante Augusta avait le cœur et les sens en désordre. Mais d'avoir trop attendu ce moment, une sorte d'apathie se mêlait à son trouble, qui l'empêchait d'agir et la clouait, pantelante, sur les galets où sa lessive inachevée formait des moutons pâles.

Jean Grandjean tendit les bras. Il parut à Augusta qu'il essayait de la prendre par la main.

Il s'étira vers le haut. Ses bras suivirent. Puis tout le corps: il plongeait.

Mais aussitôt que Jean Grandjean eut touché l'eau, il disparut sous les remous. Tante Augusta eut beau scruter et scruter la mer, l'homme qu'elle aimait ne refit plus surface.

*

— Il faudra bien, dit l'un des sauveteurs comme ils approchaient de la baie, il faudra bien qu'elle le sache. Il faudra bien que l'un de nous le lui apprenne.

Le *Passocéan* avait péri corps et biens pendant la nuit, au grand large. Revenant pour la première fois en plus de quinze ans dans nos eaux, il avait rencontré un coup de vent comme il y en a de traîtres là où le golfe se perd dans l'Atlantique. Fut-ce l'impatience? Jean Grandjean ne réduisit pas la voilure et n'accora rien.

C'est un terre-neuvas venu chez nous pour d'autres affaires qui en avait apporté la nouvelle au village.

*

Ma tante Augusta s'était avancée dans l'eau jusqu'aux mollets, ses yeux allant du *Passocéan* à la vague où avait plongé l'ombre de Jean Grandjean.

Le courant poussa une chose de la mer contre ses jambes. Une chemise? Une chemise. Une de Jean Grandjean. Tante Augusta en reconnut la coupe et le coutil, les coutures et la couleur. À défaut d'y jeter tout son corps et son âme, elle y enfouit son visage dévasté. Elle venait de perdre Jean Grandjean une autre fois.

Quand elle redressa la tête, à l'instant même où les sauveteurs arrivaient, le *Passocéan* avait disparu et la baie était plus lisse qu'une peau de pucelle. Ne restait plus du *Passocéan* et de Jean Grandjean que cette chemise — mais venue d'où? —, cette chemise de la couleur qu'avaient les yeux de Jean Grandjean après l'amour, une couleur indéfinissable et sombre, entre gris et vert ou entre vert et bleu.

LES PETITES FILLES MODÈLES

Elles insistèrent, pleurèrent et implorèrent tant et si bien la comtesse que la comtesse céda. De pavillon de chasse, la muette — abandonnée depuis que l'on avait dû vendre les chiens — devint un pavillon de jeux.

Les petites filles mirent une bonne journée à y transporter les animaux en peluche, les poupées, quelques meubles, un service en porcelaine et des verres en baccarat. Elles cousirent des rideaux de cretonne pour les fenêtres, se firent donner un tapis qui moisissait au grenier, des coussins, deux gravures, une lampe et son abat-jour. Sur la porte, un écriteau: PROPRIÉTÉ PRIVÉE — DÉFENSE ABSOLUE D'ENTRER SANS INVITATION. La comtesse elle-même respectait cette consigne.

Ainsi, tous les après-midi pouvait-on voir danser trois robes blanches à crinoline, flotter des rubans bleus ou jaunes ou roses, voler des boucles blondes. Les petites filles couraient en riant vers la muette. Elles couraient jusque là-bas au fond, bien au fond, tout au fond du grand parc.

L'une versait le thé aux poupées, la seconde servait le sucre, la dernière offrait des biscuits. On bavardait, on parlait de tout, de rien, de chiffons et de dentelles. Mais très vite, les propos prenaient de fortes colorations. Les petites filles s'émouvaient. Palpitaient. Quelque chose en elles s'altérait qui allumait leurs yeux d'une lueur équivoque.

Elles choisissaient toujours ce moment pour aller dans la pièce voisine retrouver la plus secrète de leurs poupées. Un homme. Beau. Fort. Fugitif découvert dans le pavillon abandonné, en plein délire de fièvre. Puis soigné, guéri, gardé. Troublant jouet. Enchaîné et nu. À la merci des petites filles.

REVIENDRONS-NOUS ENFIN
À SAINT-GILLES
À LA NUIT TOMBANTE?

Je frissonne parce que l'air a fraîchi et me glace. Un reste de soleil mouchette le chemin sous la frondaison des chênes; l'été, torride en bas, en montagne se couche tôt. Je mets un châle sur mes épaules et me colle un peu plus à Joachim qui, près de moi, tient les rênes. La brise de fin d'après-midi est délicate, mais elle fait en passant dans les feuilles un bruit d'océan. Je songe, tandis que l'attelage peine un peu dans la montée constante, qu'ici l'hiver doit être noir et âpre.

Naguère, nous avions une maison. Solidement bâtie. Solidement enclose. Et vaste, absolument. Chaque heure y avait sa fenêtre par où entrer et sa fenêtre par où sortir.

Le soir, les parfums puissants qui montaient du jardin la couronnaient comme un dôme. De toutes petites choses l'avivaient et lui donnaient d'insoupçonnés éclats: la confiture sur le pain, un livre ouvert sur la table. La voix de Joachim. Son pas.

J'aimais cette maison d'un amour plus profond qu'un gouffre, car j'aime Joachim à qui elle ressemblait. En creux et en saillies, c'était un long rectangle bouclé — capricieux eût-on dit, mais ordonné dans son caprice — où l'on allait de chambre en chambre comme par les mailles d'un ouvrage aux fils patiement noués. Parce qu'un rapport heureux s'y était établi entre l'outrance et la mesure, la maison de Saint-Gilles unifiait Joachim et les mille voltiges de ses voix, elle leur trouvait partout un enracinement, et lui, dans ce réseau d'anfractuosités et de reliefs, sans cesser d'être enfant devenait de plus en plus un homme. Quelquefois il me laissait l'accompagner. Nous puisions alors à nos cœurs toute la vie qui y battait. Cela avait toujours lieu en des moments de clarté, quand le regard pouvait sans effort interpréter une forme et l'ouïe un son, quand ni Joachim ni moi n'étions confondus par la subtilité des signes qui racontent les êtres et les choses.

Un jour arriva pourtant quand même où il me sembla que Joachim se sentait à l'étroit en nous deux. Sinon, pourquoi ce désir de départ? Aussitôt, ce qui était léger devint lourd; ce qui était simple se compliqua; ce qui était lumineux s'assombrit. Les mots eurent un tranchant de lame et les silences une poigne de fer.

Il enferma les chiens et déclara que le jardin attendrait. Il attela les chevaux à la voiture. Moi dehors, il ferma le portail puis, m'ayant adressé un salut, il allait partir quand:

— Où tu iras, Joachim, puis-je aller aussi?

— Non. Peut-être. Je ne sais pas.

— Tu resteras longtemps absent?

— Comment deviner?

— Et nous, Joachim? Et maintenant?

— Je ne sais pas. Vois-tu... Non... Laisse.

Mais moi, je savais qu'entre nous l'étincellement ne devait jamais se relâcher — même aux jours aigres — ni la contiguïté assidue de nos âmes. J'insistai donc pour demeurer malgré tout auprès de Joachim. Il balança une seconde, mais il ne dit pas non. Aussitôt, sa fuite solitaire devint notre quête commune.

La crainte — ou la retenue? — me fit néanmoins m'asseoir à l'écart de Joachim, tournant un moment le dos à ce qui allait venir. On était au printemps. Malgré moi, je pleurai quand le jardin et la maison de Saint-Gilles disparurent peu à peu dans le lointain, et avec eux les roses et les églantines qui écloraient dorénavant sans nous.

Depuis, nous voyageons sans véritable itinéraire, au gré des évidences et des secrets. Nous sommes l'un avec l'autre mais seuls; nous sommes seuls mais l'un avec l'autre. Nous tamisons à mesure nos paysages, ceux du dehors et ceux du dedans, soufflant sur tout ce qu'ils possèdent d'obscur pour en révéler la transparence.

La route que choisit Joachim, trop chargée de passé, est parfois impraticable. De mauvaises humeurs se glissent alors en nous comme des fièvres, tout se marque de désobligeance, et nous nous mettons à ressembler à des larves pupivores qui s'entretourmenteraient. Mais cela dure peu, car nous portons en nous une grâce, le don d'apercevoir un passage caché, une piste où bifurquer avant de revenir, après maint virage, au chemin nettoyé.

Avec le temps, je me suis rapprochée de Joachim, et maintenant il ne craint pas que ce soit moi qui conduise parfois l'attelage, sauf si nous longeons un à-pic. Joachim reprend alors les rênes que je lui tends, car il croit connaître et posséder notre équilibre mieux que moi. Nous errons ainsi depuis... quand? l'un de nous tour à tour guidant l'autre. Mais j'ai noté ceci: lorsque nous laissons les chevaux décider seuls du parcours, ceux-ci nous ramènent insensiblement vers la maison de Saint-Gilles.

Hélas, combien de fois sommes-nous passés à proximité sans nous arrêter? Dès qu'il apercevait la maison, Joachim se raidissait et il cravachait les bêtes qui filaient à toute allure à travers le village et jusqu'en forêt! J'en suis venue à croire que jamais nous ne cesserions d'errer de la sorte, que jamais nous ne toucherions au but de notre quête.

Le temps s'écoula, lent, large, secret.

— Joachim, regarde comme j'ai vieilli... Et toi...

A-t-il entendu? Depuis peu — je me trompe? — il ne fouette plus autant les chevaux. Il cherche moins de côté et d'autre, moins derrière, ou en haut, ou en bas. Il délaisse les routes accidentées taillées en plein soleil, il fuit les marchés et les foires. Les allées où il nous conduit sont plus souvent ombreuses et douces. C'est l'essoufflement?

Hier, il a pris ma main. Je rêvais, j'en étais sûre, car il disait: «Nous aurons bientôt de belles journées, tu verras. Oui, nous aurons de belles journées… Et tiens, là-bas…»

Joachim désigna quelque chose d'un bref coup de menton: le clocheton de la maison de Saint-Gilles était bien visible. L'attelage s'est emballé un peu. Un tout petit peu. Comme par réflexe. Le clocheton disparut presque aussitôt, fugitif.

Mais ce matin Joachim a pris ma main encore. Et il a dit: «L'amour ne se piège pas.» Alors, le clocheton est revenu, additionné cette fois d'un bout de toit. Aussitôt après nous distinguions aussi l'arête d'un mur. Et les chevaux n'ont pas modifié leur allure. C'est pour bientôt, je le sens. Nous allons rentrer chez nous.

— L'écart entre Saint-Gilles et nous est chaque jour plus petit, risqué-je.

— Parce que l'espace est chaque jour plus petit entre nous et nous, dit Joachim. L'Androgyne ne peut naître que d'avoir été suscité par l'exil.

Joachim disait cela comme un qui a songé lentement à ces choses.

Dans l'air froid de la nuit qui tombe, je reçus de l'homme sa chaleur.

— L'amour ne se piège pas, dit-il une fois encore.

— C'est vrai, oui, c'est vrai. Il ne se piège pas. Il se gagne.

Alors, Joachim — qui comprenait enfin ce qu'il y a à comprendre — m'a souri et j'ai souri à Joachim. Du coup, la maison s'est agrandie sur le support du ciel. Et nous avons clairement entendu aboyer les chiens.

.

BARRIO SAN TELMO

Elle s'assoit toujours un peu de biais sur le tabouret haut.
Ainsi, lorsqu'ils entrent, elle offre aux clients le spectacle
de son dos, cependant qu'elle observe tout à son aise le
reflet de leur visage dans le cuivre de la machine à café
qui lui fait face.

L'intérieur est sombre, les lambris rougeoyants, la chaleur poisseuse. Bien que minuscule, le café s'offre le luxe
d'une petite mezzanine de coin, plutôt un podium où deux,
trois tables s'entassent. Les garçons portent des tabliers
blancs et un nœud papillon comme dans les bistrots chic.
L'un d'eux a négligemment jeté une serviette de table sur
son avant-bras pour se donner des airs. Mais quand il passe
à côté de la dame du tabouret haut, il ne peut s'empêcher de
lui toucher la cuisse, cette cuisse qui sort comme d'une
blessure d'une jupe trop rouge et trop fendue.

Elle ne dit rien ni ne frémit. On pourrait croire qu'entre le mozo à la serviette de table et la dame du tabouret une habitude, plus qu'un rituel, s'est créée. Caresse neutre? Geste d'automate? Invariablement, la dame du tabouret porte son verre à sa bouche dès le frôlement conclu. Pas de frisson, donc, mais tout de même, réflexe pour réflexe, un acte, un mouvement, toujours identique, comme un répons.

La dame est déjà là quand vous arrivez. Quand vous partez, elle reste. Jamais vous ne la voyez se lever ou sortir. Et son verre demeure vide tout ce temps. Parfois vous vous dites que la dame fait partie du zinc où elle appuie ses coudes, qu'elle en est une sorte d'excroissance surgie quand personne ne regardait et aussitôt fossilisée. Vous ne vous expliquez pas autrement sa présence minérale et muette, ses gestes trop lents pour paraître vrais et surtout, surtout, le teint de craie qu'a son visage où les yeux très rehaussés de noir contrastent ainsi qu'un loup de bal avec sa bouche exsangue.

Le pianiste joue, dos tourné au public. Devant le front ouvert d'un Pianola amputé de son mécanisme une ficelle est tendue où quatre pinces à linge en bois et une en plastique attendent de serrer les pourboires. L'instrument rend un son acidulé; le trémolo métallique résonne trop longtemps si la petite salle n'est pas assez remplie. Le musicien porte une veste claire à fines rayures, un pantalon sombre, une chemise aux manches si longues qu'elles lui cachent la moitié des mains et traînent sur le clavier. Un fille l'aime. Sans doute ira-t-il la retrouver à l'aube. En posant un baiser sur les cheveux que son homme a passés à la gomina, la fille y décèlera un goût prononcé de ranci.

Entre un accord plaqué et un arpège, le pianiste s'adresse à la dame du tabouret haut. Il dit des quotidiennetés. Il commente les dernières nouvelles. Puis il arrête de jouer pour lui raconter, tu sais? au sujet de César, qu'il s'est encore mis dans la tête de quitter le barrio, la ville et tout le foutu pays, qu'il en a jusque-là de vivre dans la crasse, qu'il s'embarquera sur le premier pétrolier venu s'il finit par en arriver un dans ce trou de bordel de Dieu, et tant pis pour les gosses, qu'ils crèvent, il a dit, qu'ils crèvent, eux et leur pute de mère, qu'est-ce que j'en ai à foutre, il a dit ça, guapa, je te jure qu'il l'a dit.

— Che! César? Partir? Tiens… un boudin me poussera au bout du nez avant que je voie ça…

C'est Felisberto qui a parlé. La dame du tabouret haut n'a pas sourcillé, pas bougé, pas répondu. Si une lueur de profonde tristesse a traversé son regard, vous ne l'avez pas vue.

Le très jeune couple qui vient d'entrer, lui pâle, elle maigrichonne, ressemble à des parturientes épuisées sous leur sourire éteint. Ils prennent place près de la porte et commandent des cocas. De toute la nuit pas un mot, pas un geste ne passera entre eux. Ils resteront là, courbés sous leur lassitude précoce, silencieux et livides, jusqu'à quatre heures. Quand ils s'en iront, ils ne laisseront derrière eux ni signes ni traces ni échos.

— Il a des jours comme ça, César. Le mozo à la serviette de table s'en excuse quasiment auprès de trois Japonais qu'il escorte à la mezzanine. «Mais ça lui passera, vous verrez. Ça lui passe toujours.» Les Asiatiques cernent maintenant comme un collet un chromo de Gardel accroché juste au-dessus d'eux, et sourient, approuvent et s'inclinent. Mais ils ne comprennent pas.

Le mozo passe et allonge une main vers la dame du tabouret haut. Elle lève son verre vide. Dans un instant, les Japonais suçoteront des consommations exotiques compliquées de décorations ridicules sans même se délester des appareils-photos suspendus à leur cou. Trop absorbés par le pianiste qui recommence à plaquer ses accords, sauront-ils remarquer la noblesse un peu surannée du profil de la dame, l'aristocratique port de tête démenti par la vulgarité de sa tenue? Quand Felisberto entame d'une voix au long vibrato fatigué la première milonga de la nuit, c'est à eux qu'il s'adresse. Toute leur attention est alors captée par ce Noir corpulent, métissé d'Indien, qui roule de grands yeux canailles en marquant sur le bois d'une table un rythme syncopé.

Puis, ce sont d'autres couplets, valses ou romances. Une fille, Tula, chante à son tour dans la demi-pénombre pour les clients dont peu à peu le café se remplit. Elle a des gestes qu'on ne voit plus sur scène depuis cinquante ans, elle exécute de véritables pantomimes, mais son timbre parfait, cuivré, tendu et vibratile sous la féminine souplesse vous les cache, tout comme il estompe sa robe d'un rose indiscret, mal coupée, de façon visiblement domestique. La fille, bien en hanches, laisse pendre sur ses flancs un cordon noué si lâche qu'il lui dessine le corps tout droit. Si d'aventure Felisberto, agacé par cette absence de méandres là où il en faudrait, lui lance: «Tu n'attacherais pas ce nœud plus serré, que l'on voie enfin où tu es une femme?», Tula réplique pour la galerie une phrase toute faite, pédante, savoir: «Un trop fort ajustement, en tronquant mon souffle, priverait mon art de ses tragiques et nécessaires profondeurs.»

Tandis que les clients s'amusent à ces paroles presque autant qu'aux bouchées de fromage et aux petits cornets feuilletés que leur apportent les garçons en faux chic, la dame du tabouret haut risque de temps en temps vers la porte des regards brisés. César qui n'arrive pas... N'entre que le photographe local armé de son fourbi désuet, qui vient tirer les portraits des artistes pour habiller sa vitrine de neuf.

— Tula, allons, mets-toi là. Oui. Comme ça. Un peu plus à gauche. Et souris, bon Dieu! Ah! Felisberto. Prends-lui la taille.

— Si je la trouve...

— Bien. Attention! Ne bougeons plus! Voi-(clic)-là! Merci!

Le photographe choisit soigneusement ses décors. D'un cliché à l'autre il aura fait le tour du café et de son monde, la dame du tabouret haut en moins: Tula seule; Tula avec Felisberto devant la porte; Felisberto seul; les deux avec aussi le pianiste; le patron avec Tula et Felisberto, dos au piano; le patron seul derrière le bar; le patron, les mozos, le pianiste et Felisberto; Tula, le pianiste et le mozo à la serviette de table; le pianiste seul, mais debout à côté du zinc. À chaque fois, on essaye des poses, on lève le menton, on regarde l'objectif, on fige des sourires, on ne bouge plus.

— Voi-(clic)-là! Merci!

Dans l'agitation et la lumière du flash, nul n'a vu l'homme qui vient d'entrer sans saluer personne, pas même la dame. Nul ne l'a entendu tirer un instrument de musique de son étui de cuir posé sur la table ni approcher une chaise. Il faut qu'une plainte presque irréelle, douloureuse, monte solitaire du bandonéon sur lequel il se penche maintenant en le tenant entre ses mains comme une femme pour qu'on aperçoive César, là, assis près du piano. Alors, un respect quasi liturgique accueille les accents obsédants du tango, son rythme saccadé, ses «cadences de sommier» marquées de silences si voluptueusement pétris par le musicien et auxquels le pianiste, revenu à sa place, a tôt fait d'ajouter la souplesse mesurée des arpèges.

César joue comme on fait l'amour, César joue comme on pleure, il joue comme il n'en peut plus de la poisse et des mômes mal torchés et de cette salope de Lole, un jour je vais lui régler son compte, si seulement je l'aimais moins, carajo, si seulement elle était un peu moins belle, César joue comme les navires appareillent et les marins s'embarquent, sans savoir, sans vouloir, sans rien, juste sans.

— Et tu irais où, che, où irais-tu? Où? Comment ferais-tu? Où? Comment? Et moi, che, tu y as pensé? Et moi?

Vous le voyez, la dame du tabouret ne bouge pas. Elle ne parle pas. Mais la musique traverse le gouffre qui la sépare de César. Parce qu'elle entend le mal pousser dans l'homme qui joue, parce qu'il y a longtemps qu'elle entend la douleur pousser aussi en elle, la dame annule le

60

mal et la douleur, elle efface Lole et les amants de Lole, elle abolit les enfants, la crasse et la misère qui occupent tant de place entre César et elle. Vous voyez bien que la dame ne s'est pas levée de sa place, mais vous devinez à ses yeux, vous savez qu'elle est entrée dans le bandonéon. Maintenant elle se couche et s'ajuste au soufflet, puis déjà s'exaspère sous les doigts de César, ils la palpent serré, l'animent, passent et repassent sur ses seins, ses hanches, ses cuisses, son ventre jusque-là en attente, la dame se met à chalouper, à rouler, à répondre aux sollicitations du rythme, les mains de César la caressent et César l'aime, alors la dame vacille, la dame succombe, la dame sombre enfin tellement que, cette fois, elle ne répond pas au frôlement du mozo à la serviette de table lorsqu'il glisse à côté d'elle.

Contagieuse, la tristesse de César. Même Felisberto, pourtant si alerte d'habitude, reste les yeux mi-clos et le nez dans son verre d'alcool. Le ciel, dehors, semble plus bas que tout à l'heure. S'il pleut, fera-t-il moins chaud? Dans le suspens de silence qui suit la fin du tango, vous luttez en secret contre une mélancolie infuse que César vient de réveiller. Puis, Tula entonne un air qui d'emblée vous saisit. Elle chante sans sanglot, mais le voile sur sa voix a pris de l'épaisseur:

> Si te cuentan que me vieron muy borracha
> Orgullósamente díles que es por tí
> Porque yo tendré el valor de no negarlo
> Gritaré que por tu amor me estoy matando
> Y sabrán que por tus besos me perdí

Du grave à l'aigu et de l'aigu au grave, Tula enveloppe les mots comme des jambes drapent d'autres jambes. L'heure avance et passe. Les pinces à linge mordent quelques billets. Le pianiste transpire et s'essouffle et parfois, on l'entend pousser de brèves exclamations à moitié contenues. César va et vient du torse, il se coule littéralement autour de l'instrument de musique, mais il n'a pas souri une seule fois, même sous la tension, même en tapant du pied pour imprimer des mouvements heurtés, impatients, avides, à son bandonéon.

Tula s'est tue. À travers les applaudissements, César déroule déjà un autre tango qui perce le bruit, s'élève et s'installe. Vous voulez changer de table, vous asseoir juste sous les pales d'un grand ventilateur qui ne suffit pas à rafraîchir l'air torride de plus en plus épais et chargé d'eau. Cependant, une sorte de miaulement vous fait tourner la tête vers la porte d'entrée ouverte sur la place. Dans l'embrasure, un homme est debout et tient un violon.

Une joie lui fut-elle donnée qui dépasse toute mesure? L'homme ne la réprime pas sans peine: il la promène à petits coups d'archet d'abord timides, timorés, tant qu'on dirait qu'elle lui échappe. César lance des coups d'œil tranchants au violoniste. Celui-ci reprend aussitôt sa joie indocile, il la retient un court moment, mais derechef elle fuit, un peu plus vive, plus assurée. Elle insinue de brèves cascades de rire dans les plaintes du bandonéon qui défient l'intruse avec vigueur, insistent, s'imposent. L'homme baisse son violon comme s'il s'apprêtait à le ranger et César a le dessus pendant quelques secondes. Mais presque aussitôt, le violoniste retrouve ses rires d'archet. Prises entre des regards acérés comme des lames, les têtes des clients vont et viennent en cadence dans ce petit café devenu arène où deux hommes participent à un cruel tournoi. Avec chaque mesure, le violon subtilise, puis vole puis carrément arrache des notes au bandonéon et, de timide qu'il était, il prend une assurance si ferme qu'on n'entend plus César, et que César, au comble de la rage et de l'humiliation, se lève en renversant sa chaise d'un coup de pied et s'en va sans que personne songe à le retenir. Entretemps, le violoniste s'est éloigné de la porte, il a atteint le milieu de la petite salle. Son archet danse sur les cordes; il rit; il pleure; il geint; et le pianiste roule des épaules et se tortille en jouant, emporté, soulevé d'extase. Lorsque les bravos fusent, César est déjà oublié, sauf par la dame du tabouret haut, qui tout ce temps a gardé le front penché sur son verre vide en songeant: «Che, ce sont des coups comme ça qui le feront partir, mon César...»

Après le paroxysme vient l'engourdissement, comme un demi-sommeil. Il n'y a plus de musique. Des bouts de conversation ronronnent encore, mais le ton a faibli. Les tables se libèrent une à une. Les mozos boivent des cafés.

Seul bruit qui s'entend maintenant, les pas fatigués des mozos qui rangent les verres sales. Le violoniste s'est éclipsé, le pianiste aussi. Tula et Felisberto, sur le point de partir, s'inquiètent néanmoins de César et discutent tout bas, sourcils froncés. Un point blanc grandit sous les rideaux des fenêtres: des lueurs d'aube passent. Les Japonais ont depuis longtemps regagné leur hôtel. Vous com-

63

mandez un dernier verre de vino tinto. Quand vous vous en allez, la dame du tabouret haut est toujours là.

Demain, après-demain, dans trois jours, loin du barrio San Telmo, en route pour Montevideo, New York ou Sydney, repris par vos affaires, cela vous sera égal que César parte ou que César reste. Cela vous sera égal que la dame du tabouret le suive ou qu'elle attende son retour. Et si une pluie d'automne, gélatineuse et drue, tombe enfin sur Buenos Aires, cela vous sera égal aussi.

BLEU

C'était un bleu de hantise. Quasi hors de portée. Un bleu pas d'ici, concentré sur sa propre lumière qu'il diffusait en l'amplifiant.

Il avait coulé entre elle et lui, enveloppés l'un en face de l'autre par des fauteuils arrondis comme des corps. À côté du petit salon où ils étaient venus se taire, une trop haute salle: le bruit de quarante voix et quarante rires, ou cent, ou mille, répercuté par les soffites, y engendrait ses propres doubles.

L'homme et la femme se regardaient, encore un peu cassés par ce tapage qui, plus tôt, les avait assaillis.

Puis, le bleu vint. D'abord si discrètement que la femme fut seule à l'apercevoir. Il était entré sur la gauche, près du sol, en se déroulant un peu en triangle comme la page cornée d'un livre beaucoup lu. Mais très vite il prit de la hauteur, de la force aussi. Se dévidant, tout à coup plein, mur translucide en mouvement, il révéla un éclat presque insoutenable: l'homme dut fermer les yeux.

Provisoire ankylose.

Et cependant, rien de l'intense bleu médian n'échappait à la femme. Toute saisie par son empire, elle pleurait, et voyait néanmoins sur l'étonnante surface surgir des traits, des lignes, des dessins. Créatures dansantes, entrelacs d'initiales, toutes formes de l'eau, la mer calligraphiée, des chevaux devenus écume, et de l'écume redevenue chevaux.

Un instant seulement, elle s'absenta du bleu, trop lourd tant il l'obligeait à le prendre. Mais aussitôt, des terreurs noires où elle sombrait, elle dit:

— Ah! pourvu! pourvu qu'il revienne vite! pourvu qu'il ramène aussi les chevaux!

Belle connivence de l'infaillible bleu: il reparut. Cette fois, non pas entre la femme et l'homme enfin sorti de son hypnose, mais *autour* d'eux.

Ils sont, depuis, si aériens… comment voulez-vous qu'ils entendent, même par des échancrures dans le bleu, les bruits cassants et souterrains du monde?

LE MANUSCRIT
ANNOTÉ PAR PÉTRARQUE

LE MANUSCRIT
ANNOTÉ PAR PÉTRARQUE

Tout a commencé en mai de l'année 1843. J'étais depuis un peu plus d'un an conservateur de la Bibliothèque de *** et responsable de la confection de son *Catalogue des manuscrits,* tâche bénédictine qui aurait dû m'occuper fort longtemps mais qui fut très tôt interrompue par le brutal dénouement des événements que je m'apprête à relater ici. La Bibliothèque, dont la fondation remonte à deux siècles environ, s'est enrichie au fil des années de legs considérables (qui, dans certains cas, réunissaient les collections cumulées de plusieurs générations de bibliophiles) ainsi que de nombreux fonds provenant d'abbayes, de collèges, de maisons de condamnés ou de déportés, et «mis à la disposition de la nation» en vertu des décrets de 1789, 1790 et 1794. Parmi eux se trouvaient quelque deux mille manuscrits dont le plus ancien est le *Pastoral du Pape saint Grégoire Ier dit Le Grand,* écrit en onciale sur parchemin rugueux et sans séparation entre les mots, qui date du VIIe siècle. D'autres, pour être plus récents n'en sont pas moins admirables, telles les *Epistolae* de saint Paul, aux initiales ornées de rinceaux et de têtes d'hommes et protégées de soie verte, ou encore le *Psautier de David,* dit *Psautier du Comte Henri,* tout entier calligraphié en lettres d'or avec de grandes capitales peintes et des miniatures...

Ah... me confie-t-on la garde de ces manuscrits, livres rares, incunables ou reliures précieuses, je suis, je l'avoue, un homme heureux. Rien, ni fortune ni rang, ne saurait me combler davantage que le contact de ces œuvres et la conscience aiguë du *trajet* qui, à travers l'espace et le temps, par des détours et des secrets, les a inéluctablement déposées entre mes mains. Je reconnais là un privilège sans en saisir la cause. Une sibylline faveur du destin au pauvre homme que je suis. Je reconnaissais, devrais-je dire. Car aujourd'hui, les tristes circonstances où je me trouve m'y font voir surtout un complot cruel et raffiné du sort.

Or, j'en étais encore au début de mon classement quand tout commença. Je suis sans famille et, je l'ai dit, n'ai d'autre passion que le livre. Comme j'habitais en outre une ancienne maison canoniale jouxtant, en équerre, la grande nef de la Bibliothèque (depuis que celle-ci n'abritait plus les dortoirs d'une abbaye de chanoines augustins) et que les deux bâtiments communiquaient par leurs greniers, j'avais en tout temps accès à mes trésors. Il n'était donc pas rare que je passe les longues heures de la nuit à copier et recopier des fiches et des répertoires, à la lueur d'une bougie, heureux de n'être point dérangé par les mouvements et les bruits de ceux qui ne vivent que le jour.

L'aube n'allait pas tarder à se lever dans le chatoiement des vitraux des huit fenêtres donnant sur la cour. J'avais eu une nuit délectable, toute passée à feuilleter d'abord une *Bible* (dite de saint Bernard, mais selon certains trop ornée pour avoir été celle dont il se servait. En effet, l'austère règle de 1134 interdisait les fonds d'or et les miniatures dont est rehaussée celle-ci, mais elle porte par ailleurs des annotations passant pour être de lui...), puis un *Recueil de Sentences tirées des Anciens auteurs sur les Vertus et les Vices, sur les Biens de l'Âme et ceux du Corps,* manuscrit profane du XIVe, curieux et beau, et enfin — et surtout — une splendide copie enluminée par un artiste milanais (mais mutilée par endroits) du *De Officiis, de Tusculanis Quaestionibus, de Natura Deorum, &c.* de Cicéron, ayant appartenu à Pétrarque et marquée d'apostilles de sa main. J'étais en train de ranger ce dernier texte dans les rayonnages qui meublaient maintenant le centre de la Grande Salle (je les y avais fait construire spécifiquement pour abriter les manuscrits) quand, mon regard tombant sur une caisse où d'autres chefs-d'œuvre attendaient d'être catalogués, j'y aperçus une reliure à nerfs apparents, solide, comme il était d'usage d'en réaliser pour des répertoires très souvent consultés, à cette différence près que cette reliure-ci avait ses plats supérieur et inférieur en cuivre très délié sur ais de bois, et que sur le premier était gravé avec une grande finesse l'étonnante figure d'un serpent crucifié, et sur le second deux serpents s'engloutissant l'un l'autre.

— Tiens, tiens... me dis-je en l'ouvrant. Qu'est donc ceci?

Fait on ne peut plus inhabituel pour un manuscrit occidental, le premier folio donnait un titre très élaboré, une sorte de table des matières façon XVIIe, encadrée de rinceaux sur fond de semis de fleurs. Le manuscrit — de toute évidence autographe — renseignait même sur le lieu et la date de sa rédaction, ce qui ne manqua pas de me surprendre.

LE SECRET DES SECRETS

CONTENANT
des Traités sur la Magie,
d'autres sur les Charmes & sur les Possessions,
augmenté des principales Conjurations, Invocations & Formules
& enrichi d'un Abrégé curieux de l'utilité des Nombres,
comme des vertus et pouvoirs des Philtres, Parfums & Miroirs
& de la manière de les Faire.

Le tout conçu et transcrit
par Jacopo Giusto di Bartolomei
à Padoue
M • CCC • XXX • III

Jacopo Giusto di Bartolomei, dit le Padouan... Était-ce possible? Un mage aussi célèbre que Paracelse ou que le Maître de Cologne, disciple de Roger Bacon et précurseur de Nicolas Flamel, et dont les rarissimes manuscrits faisaient l'objet depuis toujours de trafics de tous ordres, de falsifications et, pourquoi pas, de vols?

Je ne connaissais pas encore tous les manuscrits sous ma garde, mais j'étais persuadé que la Bibliothèque ne possédait *aucun* traité occulte. Manifestement, je m'étais trompé. Quelqu'un parmi les moines et lettrés collectionneurs dont nous avions hérité les livres s'était au moins une fois intéressé suffisamment à ces questions pour, d'une manière ou d'une autre, acquérir un grimoire — et pas n'importe lequel. Ou bien s'était-il moins passionné pour le manuscrit lui-même ou pour son contenu que pour son propriétaire, aussi inattendu qu'illustre? Je venais en effet de constater qu'au verso du premier folio apparaissait une signature latine: *Francescus Petrarcha Aretinus.* François Pétrarque l'Arétin. Qui plus est, le manuscrit était par endroits abondamment chargé de notes dans une écriture en tous points identique à celle qui marginait le Cicéron dont je parlais tout à l'heure. Nous aurions donc *deux* manuscrits annotés par le poète italien? À la lumière des intérêts de ce dernier pour les auteurs anciens, le passage du *De Officiis* entre ses mains n'avait pas de quoi surprendre. En revanche, comment les abrégés cabalistiques de Jacopo Giusto di Bartolomei pouvaient-ils s'accorder avec d'aussi humanistes vertus que les siennes?

La clarté du tôt matin entrait par les fenêtres. Je rangeai le manuscrit dans le tiroir de ma table de travail avant d'aller dormir deux petites heures. Puis, la journée passa, ordinaire, avec son cortège d'emprunteurs, chercheurs et autres personnes studieuses. Pendant tout le temps que m'occupèrent mes tâches, je ne cessai de me demander quelles annotations, quelles réflexions un livre aussi païen que *Le Secret des Secrets* avait pu inspirer à Pétrarque, tandis que l'impatience me rongeait de retrouver la calme solitude nocturne de la Bibliothèque pour que je puisse enfin me plonger à loisir dans le singulier traité de Jacopo le Padouan.

*

Le manuscrit était rédigé en latin, mais les apostilles, inégalement réparties dans le texte, étaient en *lingua vulgaris*. Je remarquai à première vue que Pétrarque ne semblait pas avoir cru utile de s'arrêter aux formules qui enchantent et à la pharmacie des philtres ou des parfums, mais qu'il paraissait montrer de l'intérêt pour les onguents qui rendent lucide, les invocations et les miroirs magiques. En outre, des flétrissures du parchemin correspondaient généralement à l'emplacement des commentaires marginaux, indiquant par là les folios qui vraisemblablement avaient été le plus souvent manipulés.

Aux folios 77v° et 78 (où l'on rencontre par ailleurs l'une des rares initiales miniaturées de tout l'ouvrage, soit un D incarnat sur fond d'or, terminé par un loup ailé, et contenant deux personnages dont l'un [une femme] tient en sa main un globe, et l'autre [un homme] a une chauve-souris vivante suspendue à son cou), là, dis-je, le texte est le suivant:

DE LA MANIÈRE DE FAIRE UN ONGUENT QUI PERMET AUX VIVANTS DE VOIR LES MORTS ET DE LA MANIÈRE DE S'EN OINDRE. Pour une mesure de fleur de chanvre et une mesure de pavot rouge et une pincée de graines d'héliotrope concassées, le sujet prendra cinq mesures de graisse d'un nouveau-né immolé par lui pour la cause au jour même, soit le vendredi, ensuite il aura bien soin de mélanger les ingrédients en invoquant Uriel et Azraël de la manière qui est décrite dans ce livre où il convient que cela soit, puis il les fera fondre, puis il les fera cuire deux heures selon le procédé qui se fait en chaud et humide et qui rend la distillation la meilleure, avant que de passer le tout au clair et de le conserver proprement. L'onction doit se faire comme ceci que le sujet oindra l'arrière de ses oreilles et le cou de chacun des côtés, puis les aisselles, puis toute la partie de la poitrine qui est commandée par le grand sympathique, de même le plexus solaire, de même la plante de chacun de ses pieds, les jarrets, la saignée du bras et les poignets. Le sujet s'étendra ensuite sur sa couche et il se pénétrera de l'objet de son désir et il prononcera l'invocation à Kernunnos que nous lui donnerons à prononcer, et alors l'esprit se révélera à lui sous son enveloppe charnelle si le sujet est pur, et si le sujet est impur alors il sera contraint d'implorer la Clémence de Dieu et de tous ses Saints car la vision qui s'offrira à son regard sera si horrible et le remplira d'une telle épouvante qu'il se précipitera de lui-même aux Enfers.

Ce texte était suivi de l'invocation à Kernunnos, mais dans une langue et des caractères différents (après quelques recherches, je sus qu'il s'agissait de l'alphabet runique, d'emploi courant chez les mages). J'en reproduis ici les premières lignes:

ᛗᚲᛉ ᛗᚲᛉ ᚠᛁᚱᚱᚲ • ᛗᚲᛉ

ᛗᚲᛉ ᛦᛟᛞᛗᛁᚲᚲ • ᛗᚲᛉ

ᛗᚲᛉ ᚠᚱᛁᛞᚨ • ᛗᚲᛉ ᛗᚲᛉ

ᚲᛗᚱᚷᚢᛉᛉᛟᛋ • ᛒᛖᛦᚠᛒᛁ •

ᛚᚨᚲᚠ • ᛒᚨᚲᚢᚠᛒᚨᚠ •[1]

Tout cela me paraissait suspect. Une sorte de travail du diable. Et l'intrépidité inattendue de Pétrarque en ce domaine devenait on ne peut plus étonnante. La mort de Laure et le tourment de son désamour avaient-ils suffi à susciter chez le poète un désir désespéré de ramener sa Dame à la vie par n'importe quel chemin? C'était vraisemblable, car voici ce que les marges du folio 77v^o contenaient:

---

1. Eko Eko Azarak • Eko Eko Zomelek • Eko Eko Arida • Eko Eko Kernunnos • Bezabi • Lacha • Bachababa •

Tu, che dentro mi vedi e 'l mio mal senti,
    et sola puoi finir tanto dolore,
con la tua ombra acqueta i miei lamenti[2].

Et aussi:

Il mio amato tesoro in terra trova,
che m'è nascosto, ond'io son sì mendico,
        e 'l cor saggio pudico,
    ove suol albergar la vita mia;
et, s'egli è ver che tua potentia sia
nel ciel sì grande, come si ragiona,
    et ne l'abisso (perchè qui fra noi
        quel che tu val' et puoi,
credo che 'l sente ogni gentil persona),
ritogli a Morte quel ch'ella n'à tolto,
et ripon le tue insegne nel bel volto[3].

---

2. «Toi qui vois au dedans de moi, qui connais la réalité de mes souf-
frances, et qui seule peux mettre fin à tant de douleur, que ton ombre
vienne apaiser mes plaintes» (*Canzoniere*, CCCXL, trad. du comte Ferdinand L. de Gramont, Paris, Gallimard, 1983, p. 254; le texte italien est
tiré de *Canzoniere*, Milan, Mondadori, collection «Oscar Classici»,
1989, p. 498 [réédition de l'édition originale, Rome, Armando Curcio
Editore, 1968]).

3. «Ramène sur la terre mon bien-aimé trésor dont je suis séparé, ce qui
me rend si malheureux; ramène-nous ce cœur sage et pudique où ma vie
habite sans cesse; et s'il est vrai que ta puissance soit aussi grande qu'on le
raconte, dans le ciel et dans l'abîme (car ici parmi nous tout noble cœur, je
le pense, sait ce que tu vaux et ce que tu peux), reprends à la mort ce
qu'elle nous a pris, et replace tes enseignes sur le beau visage» (*Canzoniere*, CCLXX, p. 210; édition italienne, p. 412).

De plus en plus intéressant...

Vérification faite, j'avais sous les yeux des vers du *Canzoniere*. En continuant mon examen du manuscrit, il me fut aisé de constater que *toutes* les apostilles de Pétrarque étaient tirées de ses sonnets à Laure. En étaient tirées... *ou en précédaient la rédaction!* Car non seulement étaient-elles toujours écrites en marge d'une recette ou d'une formule conçue pour ramener un mort à la vie ou à permettre à un vivant d'entrer en contact avec l'esprit d'un être cher ou de voir l'image d'une personne décédée, elles correspondaient mot pour mot aux vers qui, dans le *Canzoniere,* pouvaient être compris comme des appels, des évocations, des pactes, ou comme le compte rendu d'une rencontre ou d'une conversation occulte. Bref, à chaque fois, il me semblait que le poète avait tenté (et peut-être réussi?) un transfert de l'au-delà au terrestre, ou vice versa. Jugez plutôt: sous un intitulé latin décoré d'entrelacs dont le sens est «Mortel, sache que ce qui fut sera, ce qui est s'éteindra, ce qui s'éteint sera rappelé à la vie», Jacopo le Padouan donne des instructions précises pour inviter un mort à se manifester. Je les reproduis ici dans tous leurs détails.

> PUISQUE TES YEUX SEULS NE SUFFIRONT JAMAIS À VOIR L'ENTIÈRETÉ DES CHOSES, seconde-les de la manière qu'il me plaît de t'enseigner. Choisis un cabinet éloigné du bruit que tu éclaireras du feu de quelques chandelles seulement. Avec du noir d'antimoine, du soufre rouge et du sel nitre en quantités égales, trace sur le sol un premier cercle autour duquel tu dessineras un autre cercle

dont le rayon sera grand de deux fois le diamètre du précédent. Fais qu'un trait traverse ces deux circonférences par le dessus et par le dessous, sur une distance de cinq pas. Ensuite, tu ajouteras de chaque côté deux lignes obliques qui enserreront le tout et se termineront en pointe, l'une à vide, l'autre en un croissant égal à la moitié de la circonférence du plus grand des deux cercles, comme ceci:

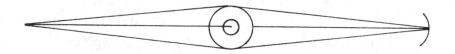

Au point de jonction de la seconde pointe et du croissant, place un globe de cuivre rouge que tu auras au préalable fabriqué puis bruni de la manière qui est décrite dans ce livre où il convient que cela soit, et dans lequel tu auras déposé quelques grains d'opium. Ensuite, tu invoqueras les esprits du Septentrion, de même ceux du Midi, de même ceux du Levant, de même ceux du Ponant. Ensuite, tu introduiras dans ta bouche une petite pierre de syrrochite, car selon Pline l'Ancien cette pierre possède la faculté de retenir l'ombre évoquée. Ensuite, tu te placeras au centre des deux cercles. Là, tu entreras en toi-même autant qu'il te sera possible de le faire en concentrant ton regard sur la surface convexe du métal et tu te pénétreras de l'image de l'être que tu souhaites voir apparaître. Si tu es pur, il te sera donné d'obtenir une vision par l'influence du globe de cuivre dont la matière est un agent dans les rapports entre le visible et l'invisible. De même, par la vertu de la pierre de syrrochite, tu pourras retenir l'ombre évoquée aussi longtemps qu'il te plaira et pendant lequel temps tu pourras la discerner comme on discerne un être de chair, t'entretenir avec elle de la manière qu'on a coutume de s'entretenir avec un être de chair, et même avoir commerce avec elle comme il sied à deux êtres de chair d'avoir commerce ensemble si cela est ton désir et si cela est son désir. Mais si tu es impur, alors pleure, mortel, sur ton sort et implore la Clémence de Dieu et de tous ses Saints, car la vision qui s'offrira à ton regard sera si horrible et te remplira d'une telle épouvante que tu te précipiteras de toi-même aux Enfers.

J'étais fortement tenté de croire que l'expérience avait réussi pour Pétrarque, qu'il avait été visité par l'ombre de Laure, et même, qu'il avait pu retenir cette ombre, peut-être grâce à la pierre de Pline l'Ancien, et s'entretenir avec elle. Je pouvais aussi déduire que, le charme opérant, ils avaient eu là leur toute dernière conversation — ce qui dut jeter le poète dans une affliction considérable: les apostilles qu'il a tracées tout autour de cette partie du texte de Jacopo Giusto di Bartolomei dans une écriture fine et assurée sont en effet d'une élo-

quence qui se passe d'autres preuves. Vu leur longueur,
permettez que je n'en cite que de brefs extraits:

[…] Onde vien' tu ora, o felice alma?

[…] Dal sereno
ciel empireo, et di quelle sante parti,
mi mossi, et vengo sol per consolarti.
[…] Le triste onde
del pianto, di che mai tu non se' satio,
coll'aura de' sospir, per tanto spatio
passano al Cielo, et turban la mia pace.
Sì forte ti dispiace
che di questa miseria sia partita,
et giunta a miglior vita;
che piacer ti devrìa, se tu m'amasti
quanto in sembianti et ne' tuoi dir' mostrasti.

[…] Son questi i capei biondi, et l'aureo nodo
ch'ancor mi stringe, et quei belli occhi
che fur mio sol?

[…] Spirito ignudo sono, e 'n Ciel mi godo;
quel che tu cerchi è terra, già molt'anni;
ma, per trarti d'affanni,
m'è dato a parer tale; et anchor quella
sarò, più che mai bella,
a te più cara, sì selvaggia et pia,
salvando insieme tua salute et mia.

I' piango, et Ella il volto
con le sue man m'asciuga, et poi sospira
dolcemente, et s'adira
con parole che i sassi romper ponno;
et, dopo questo, si parte Ella e 'l sonno[4].

Cette nuit-là, quand j'eus rangé le manuscrit dans le tiroir de ma table de travail et regagné mes appartements, une seule pensée me tenaillait. Si Pétrarque avait été capable, grâce aux enseignements de Jacopo le Padouan, de ramener sa Laure à la vie ne serait-ce qu'une seule fois, rien ni personne ne m'interdisait de tenter la même expérience, puisque le grimoire du mage se trouvait en ma possession... Je pourrais ainsi, tranquillement, évoquer l'esprit de Pétrarque lui-même et lui demander si, en effet, ses rites occultes avaient eu le succès que je leur

4. «[...] D'où viens-tu à cette heure, ô bienheureuse âme? — [...] Je viens des espaces sans nuage du ciel Empyrée, et j'ai quitté ces saintes régions seulement pour venir te consoler. [...] Les tristes flots de larmes dont jamais tu n'es rassasié, et le souffle de tes soupirs arrivent jusqu'au ciel, à travers un si grand espace, et y troublent la paix dont je jouis; tant il te déplaît que j'aie abandonné cette vie misérable pour en obtenir une meilleure, ce dont tu devrais être heureux, si tu m'as aimée autant que tu me le témoignas par ton air et tes discours. — [...] Sont-ce encore là ces blonds cheveux et ce nœud qui me lie jusqu'à présent, et ces beaux yeux qui furent mon soleil? — [...] Je suis un esprit sans corps, et je jouis du bonheur céleste. Ce que tu cherches est réduit en terre depuis déjà bien des années; mais pour te tirer de tourment, il m'est permis de t'apparaître ainsi; et plus belle que jamais et de toi plus chérie, je serais encore celle que tu connus si sauvage et pieuse, quand j'affermissais ton salut et le mien. — Je pleure, et elle m'essuie le visage de ses mains, et puis doucement soupire, et se désole avec des paroles capables de rompre les pierres: et après cela elle me quitte, ainsi que le sommeil» (*Canzoniere*, CCCLIX, p. 264-265; édition italienne, p. 517-520).

supposais, le cas échéant, s'ils ne lui avaient pas inspiré le *Canzoniere* autant que Laure elle-même, et aussi — et peut-être surtout — comment le texte du Padouan lui était parvenu et par quel singulier détour de son esprit lui, l'humaniste, avait-il pu consentir à de tels pactes et conjurations. Ah! ma fierté serait grande de contribuer à jeter sur le poète une lumière aussi inattendue et d'ajouter de la sorte aux connaissances que nous avions déjà de lui par des détails d'une bizarrerie inconcevable et jusqu'ici ignorés de tous! On accolerait certes à jamais mon nom au sien dans l'histoire de la littérature!

La Grande Salle de la Bibliothèque, si calme et si isolée, la nuit, de toute corruption du dehors, me paraissait être le lieu idéal pour conduire une aussi délicate opération. Je le ferais. C'était décidé. Dès que j'aurais fabriqué le globe de cuivre rouge nécessaire à sa conclusion.

*

Voici comment je fis le globe de cuivre rouge de la manière décrite dans le manuscrit de Pétrarque. Je me procurai d'abord une feuille de ce métal, dans laquelle je taillai deux disques de sept pouces chacun. Puis je les fis tourner avec précision par un tourneur, l'un et l'autre, jusqu'à obtenir deux demi-sphères parfaitement identiques. Je déposai ensuite dans l'une d'elles les quelques grains d'opium requis par Jacopo le Padouan et je soudai l'une sur l'autre ces deux moitiés de globe. Le tourneur veilla enfin à en polir la couture et à brunir soigneusement la bille parfaite qui résultait de cette suite d'opérations.

Le globe terminé, je lui fabriquai de mes mains un petit pied en bois, haut d'un peu moins de deux pouces et muni d'une soucoupe sur laquelle il reposerait en toute stabilité.

Quand la nuit fut propice, dans un silence et sous une lune qui me semblèrent être de bon augure, je traçai sur le sol de la Grande Salle les cercles et les lignes capables de transformer l'innocence des choses en science des choses. À l'endroit dit, je déposai le globe de cuivre rouge sur son petit pied de bois, puis je répartis des bougies allumées derrière le croissant de mon tracé cabalistique, de sorte que leurs flammes se reflétaient dans le métal roux du globe. J'invoquai alors les esprits du Septentrion et du Midi, du Levant et du Ponant. N'ayant trouvé nulle part de petite pierre de syrrochite qui devait empêcher l'ombre appelée de disparaître, je dus me contenter d'espérer que ma foi en elle suffirait à la retenir aussi longtemps que nécessaire. Enfin, j'entrai dans le plus petit des deux cercles et fixai mon attention à la fois en moi-même et sur la surface convexe du métal où je désirais de toutes mes forces voir apparaître l'esprit de François Pétrarque l'Arétin.

Au bout de quelques minutes de cette concentration, une douzaine tout au plus, je sentis un vif picotement au bord des paupières et une impression de chaleur sous les pieds, puis, presque aussitôt, un léger vertige, ou plutôt l'impression qu'un vide se creusait alentour de moi pendant que la Grande Salle se remplissait graduellement d'une sorte de brume très fine et légèrement rosie. J'eus alors le net sentiment d'une acuité accrue de tous mes sens. À ce moment, un point bleu apparut sur le globe que je ne cessais de fixer. Mon cœur se mit à battre plus fort, mes oreilles à bourdonner. Le point bleu s'élargit jusqu'à recouvrir toute la surface du globe, puis un autre point apparut, lumineux cette fois-ci, et qui s'étendit à son tour. J'étais certain que ce point lumineux contenait l'esprit évoqué, que Pétrarque se manifesterait par là, qu'il était sur le point d'apparaître.

Il y eut tout d'abord une petite fumée, un filet mince et blanc qui s'éleva du point lumineux sur le globe, comme une chandelle qu'on vient de moucher. Et tout de suite cette fumée s'élargit, dessina un ovale d'où un visage bouffi semblait vouloir sortir. L'ovale tremblotait, d'épaisses paupières sur des yeux un peu globuleux s'y précisèrent, apparut à leur suite un nez étroit, long et acéré au-dessus d'une bouche aux lèvres trop ourlées qu'on aurait dites presque fleuries tant elles possédaient de méandres. Au capuchon médiéval de sa vêture maintenant parfaitement discernable, aux traits que j'avais vus en fresque dans une église florentine, je reconnus le poète amoureux flottant au-dessus du globe de cuivre tel un ectoplasme agité d'ondulations qui défaisaient et refaisaient continuellement son profil.

Je lui posai ma première question. Il allait répondre, sa bouche s'ouvrait en s'arrondissant. Mais je n'avais pas la petite pierre de syrrochite et le visage de Pétrarque commença tout de suite à se déformer, je tendis les mains dans un geste instinctif comme si j'allais ainsi l'empêcher de se dissoudre, mais déjà il s'était brouillé, déjà

il avait réintégré l'ovale qui annonçait par ses frémisse-
ments une autre métamorphose.

Ah! l'horreur que mes yeux rencontrèrent! De Pétrarque, nulle trace! Il était déjà retourné au néant! Et
moi, grands dieux! je n'étais pas assez pur! Non, je
n'étais pas assez pur! car au lieu de Pétrarque je voyais
maintenant un être monstrueux, aux yeux comme des
charbons ardents, dont la bouche était une gueule de loup
qui soufflait une buée nauséabonde et brûlante! Juste
Ciel! il fallait que je sois d'une bien terrible impureté
pour que mes yeux voient une tête de gargouille, une tête
sans corps mais qui avait, fixées au cou, deux ailes de
chauve-souris! Et ces ailes battaient et battaient et battaient sans cesse dans la nuit avec un bruit sec! Je déli-
rais, je suffoquais comme si l'air tout à coup était devenu
du soufre, j'étais la proie d'une terreur profonde, je voulais crier, je voulais prier, mais ma langue collait à mon
palais et je n'étais capable que de sanglots incohérents!
Pendant ce temps le loup ailé produisait un rire sonore
qui n'avait rien d'humain, il se détachait du globe en
mordant à pleine gueule dans le filet de fumée qui l'y
reliait, il le tranchait avec ses dents comme une bête le
ferait d'un cordon ombilical, puis, libéré, il se mettait à
voler à travers la Grande Salle et sa bouche crachait une
fumée de plus en plus brûlante et chargée d'étincelles!
Ah! Dieu! Venez à mon secours! J'eus enfin la force de
prononcer un mot, puis deux, puis trois, puis péniblement
j'arrivai à réciter un Avé, un Pater, un Credo, je rappelais
péniblement à la surface toutes les bribes de prières qui
m'étaient restées de l'enfance, mais il m'était impossible

de sortir du cercle en dépit de tous mes efforts. Et le diable — car c'était lui, j'en suis sûr aujourd'hui —, le diable crachait ses flammes, maintenant, il les crachait en volant d'une paroi à l'autre de la Grande Salle et tout autour des rayonnages qui se dressaient au milieu, et il soufflait sa malédiction sur les milliers de volumes et de reliures et d'incunables et de manuscrits accumulés là par la grâce patiente des lettrés et des sages, le diable lançait ses flammes épouvantables sur tous ces trésors de pensée et de philosophie, sur toutes ces richesses littéraires avec une frénésie abominable, la bibliothèque prit feu, les milliers et les milliers d'ouvrages flambèrent en dégageant une fumée âcre remplie de cendres et de braises et de crépitements et de rires sataniques, et j'ignore pourquoi le cataclysme m'épargnait, moi, pourquoi le diable m'épargnait, moi, comme il épargnait le globe de cuivre rouge qui continuait de luire dans son croissant, qui ne fondait pas sous la chaleur, et dont je voulus m'emparer! Mais au moment où le diable s'envola par une des grandes fenêtres que le brasier avait fait voler en éclats, au moment où il laissait derrière lui l'écho de son rire et celui de ses battements d'ailes et le crépitement des flammes dévoreuses, je crois que je perdis tout sentiment, car à ce jour je ne me souviens plus de rien d'autre.

Je sais seulement que la Bibliothèque fut rasée par les flammes cette nuit-là, qu'il n'en resta pas le moindre parchemin quoi qu'on ait tenté pour la sauver. Et je sais aussi qu'on me retrouva, moi, au beau milieu de la Grande Salle, face contre terre mais bien vivant, les mains tendues vers un globe de cuivre rouge, tout comme moi épargné par le feu — et qu'on vit, bien entendu, dans tout ceci un signe certain de sorcellerie.

*

On enquêta pour la forme. Puis on me fit un procès.

De nos jours, il n'est plus d'usage de brûler les sorciers. On les déclare fou et on les enferme — ce qui est une torture bien pire. Je suis ici depuis je ne sais trop combien d'années... des dizaines, très certainement. J'ai vieilli. Ma barbe est longue et ma main tremble qui tient la plume.

Ma seule activité consiste à écrire et récrire et récrire cette histoire, comme si cela pouvait la conjurer. Comme si cela pouvait rematérialiser tous les textes annihilés par ma vanité de bibliothécaire. Comme si, en écrivant, je rachetais ma faute et qu'il m'était ainsi possible de remplacer, en quelque sorte, une à une, les innombrables pages que mon incurie avait réduites en cendres. Comme si, en écrivant, j'expiais mon impureté.

On me donne tout le papier que je demande et on me laisse tranquille.

Alors j'écris. Dans la pénombre humide et puante, j'écris. À toute heure du jour ou de la nuit, j'écris et récris et récris encore comme un somnambule l'histoire du manuscrit annoté par Pétrarque, l'histoire de ma perte, l'histoire de ma damnation. J'écris. Machinalement. Comme on récite une pénitence. Chaque jour, chaque nuit, sans savoir s'il fait jour ou nuit. Dans mon cachot poisseux, j'écris et j'écris encore. Au milieu des araignées, des excréments et des rats.

LE BAIN DU ROI[5]

— Qu'as-tu?

— Rien.

— Quelque chose te préoccupe. Comment ne pas le deviner, depuis les vingt-cinq ans que nous vivons ensemble?

— Nous ne *vivons* pas ensemble, nous *survivons* ensemble. Et pas depuis vingt-cinq ans, mais depuis vingt-cinq siècles. Et maintenant...

— Maintenant...? Je crains de savoir où tu veux en venir. Mais sache que nul ne mesure le temps à la même aune.

---

5. *Civita di Bagnoregio*: à 19 kilomètres d'Orvieto, en Ombrie, le bourg de Civita, autrefois relié à la ville voisine de Bagnoregio *(Balnum Regis)*, en est aujourd'hui séparé par un gouffre profond dû à l'érosion. Ville étrusque puis romaine, détruite par les Lombards puis rebâtie par eux au VIIIe siècle, Civita di Bagnoregio est aussi la patrie de saint Bonaventure.

— Oh… peu importent, après tout, vingt-cinq ans ou vingt-cinq siècles. Tout n'est jamais question que de regard.

— Ton regard serait-il sans secours ni charité?

— Il va vers l'avenir. Le tien s'acharne. Rien ne nous unit plus, que cet étroit viaduc agrippé au tuf. Deux mules avec leurs bâts peuvent s'y croiser à peine. Ni voitures ni avenir ni progrès. Renonce. La vie se trouve de mon côté.

— Tu parles sans courage. Lorsque nous n'étions encore que l'embryon d'un bourg double et parfois prospère, n'as-tu pas avec moi survécu aux odieux pillages de Rome?

— J'ai survécu.

— Tu parles pourtant sans honneur. Du temps de notre mitoyenneté, n'avons-nous pas, en nos eaux, guéri un roi des maux mystérieux de son âme?

— Nous l'avons fait. Et le Lombard a reconstruit les thermes emportés par un éboulis. Le Bain du Roi a longtemps été notre gloire.

— Tu parles quand même sans bienveillance. Aurais-tu oublié le saint né dans nos murs?

— Je n'ai pas oublié. Mais par leur bonté ou par leurs guerres, tous les rois, tous les proconsuls et tous les hommes d'Église ne peuvent rien contre l'usure du temps. Ce qui nous défait finit toujours par nous atteindre, quelque passion que l'on mette à lui résister. Tu le sais.

— Je le sais. Mais on éprouve les limites de sa force en luttant malgré tout contre ce qui nous vaincra.

— C'est de l'entêtement.

— Non. Et bien plus que l'instinct de survie, une passion. Je n'ai pas choisi la dévastation qui t'épargne et dont je suis la victime. Toi, tu es relié à la terre ferme. Tu as tout l'espace pour toi. Tu te dilates au-delà même de tes murs. Tu accueilles un grand nombre et t'ajustes à ce nombre. Tu peux te permettre d'oublier le gouffre dans ton dos quand, devant, s'étendent des vallées presque infiniment et que la campagne entre dans tes ruelles. Mais moi? Moi?

— Je te l'ai dit: renonce.

— Non. Même si, la nuit, la lune s'écorche aux arêtes de mon éperon. Même si de toute mon enceinte il ne reste qu'une tour d'angle tant les orages et les éboulements ont grugé mes abrupts friables et détruit mes demeures une à une. Même si. Même si.

— Tes flancs hier voluptueux sont aujourd'hui creusés comme par d'immenses gouges. Tu t'évides.

— Oui.

— Tu te défais en détail.

— Oui.

— Tes enfants sont sans joie et te quittent pour moi.

— Ils me quittent.

— Tu es moribonde. Désertée. En sursis.

— Sans doute. Mais même si je n'ai plus que notre passage suspendu où me cramponner, même si partout ailleurs mon regard croise un abîme, un cratère, et le silence de tout ce qui se meurt et m'attend, laisse-moi encore un peu errer de mémoire dans les plaisirs que je savourais lorsque j'étais peuplée.

— C'est de l'orviétan.

— Et après? Notre viaduc aussi. Les bourgades ont autant que les hommes le droit d'abuser du non-sens. Reconnais que l'étrange logique de ceux qui ont construit cette passerelle a quelque chose d'absurde. À quoi devait-elle servir? Elle fut un couloir pour mes fils migrants. L'arche dans ma tour cornière est une issue, pas une entrée. Elle est la porte basse, la même qui, dans les maisons de Gubbio, ne s'ouvre qu'au passage des morts.

— Raison de plus. Cesse de t'acharner. Laisse-moi détruire le pont.

— Voilà donc ce que tu voulais me dire…

— Sombre sans te débattre. Tu n'es même plus ta propre tragédie. Tu n'en es que le décor.

— T'imagines-tu une fin plus glorieuse? L'avenir, le progrès se moquent, autant que la nature, du Bain du Roi, des temples devenus églises, des sarcophages et des chapiteaux romains. Ils consisteront en motos, en voitures, en cars de touristes, en pics de démolisseurs et en conseils d'administration. Ils érigeront chez toi des structures en béton, en acier et en plexiglas. Ils dépenseront des fortunes pour anéantir tes palazzi, tes sculptures et tes fresques. Ils seront *ta* tragédie. Ils t'éroderont comme la pluie et le vent me grugent. Ils t'effaceront du monde. Juste un peu plus tard. Juste un peu moins noblement.

— Je t'en conjure.

— Quel autre choix me laisses-tu?

— Aucun. Tôt ou tard, je le ferai.

— Alors, fais-le. Mais vite.

— Addio.

Il fit osciller et se tordre le pont. Il l'arracha à ses piliers. Il le fit s'écrouler en grand fracas dans le gouffre entre lui et elle.

Le crépuscule tomba dru. Maintenant isolée sur sa pyramide de tuf, elle fut d'or, tout à coup. Ruine parfaite et lumineuse. Solide, élancée, redoutable. Quelle ironie voulut qu'elle tire du jour mourant sur de tels vestiges tant de puissance et de secours? Elle dit:

— C'est vrai. Je ne serai plus bientôt qu'une longue figure dévastée, écorchée, funéraire. Flèche esseulée. Mais fière. Mais droite. Un dernier orage surviendra qui emportera mes restes? En songeant au cancer que le progrès te réserve, ma mort te semblera le plus doux des triomphes.

L'OURS GAVAMAT
Variation sur un thème inuit

L'été qui attendrit la terre avait pris fin depuis longtemps. Des blizzards, des rafales de neige et des brouil-
lards prévenaient toute chasse. Dans la maison double où
habitaient trois sœurs, les réserves de nourriture s'épui-
saient.

Un jour qu'enfin le temps se mettait au beau, Celle-
qui-ne-voulait-pas-de-mari dit à ses sœurs plus jeunes:

— La brume de glace se lève. La neige maintenant ne
fera pas de bruit.

Elles endossèrent leur anorak, leurs bottes et leurs
mitaines, prirent leurs instruments de chasse et rampèrent
une à une hors de l'iglou.

Devant elles, l'univers lisse, glacé jusqu'à la baie.
Elles marchaient. De temps à autre elles pouvaient apercevoir en se retournant les dômes bleutés de leur maison

double que la distance apetissait. Elles marchaient d'un pas vif, mais avec précaution et en silence, car les ours sont à l'affût; ils entendent, paraît-il, tout ce que disent les humains.

Elles se rendaient ainsi aux lieux de chasse où vont respirer les phoques. Bientôt, Celle-qui-ne-voulait-pas-de-mari (et que l'on appelait aussi Najjijuq[6] parce qu'elle était enceinte) sentit la fatigue la tourmenter. Dès lors elle respira plus bruyamment que les autres; elle posa les pieds au sol plus lourdement que les autres; elle traîna derrière ses sœurs.

— Attendez-moi! fit Najjijuq à l'adresse de ses sœurs. Attendez!

Tout ce tapage éveilla l'Ours Gavamat[7] qui somnolait non loin de là. Il se dépouilla vivement de sa fourrure et courut vers les femmes en se dressant sur ses pattes de derrière. Ainsi, il leur apparut tel un homme: immense et nu et fier. Elles en furent paralysées de stupeur.

L'Ours-qui-avait-l'air-d'un-homme en profita pour s'accoupler avec les trois sœurs tour à tour.

À la première et la plus jeune, il dit: «Tu es trop salée.» Et il la jeta loin dans la mer d'où elle ne revint jamais.

La deuxième, il la trouva trop dure et pas assez ronde. Il la cassa en plusieurs petits morceaux qu'il lança vers le ciel où ils brillent encore.

Quant à la dernière, Najjijuq, il la décréta parfaite et voulut en faire sa femme. Mais Najjijuq dit: «Je suis

---

6. *Najjijuq*: mot inuit dont le sens est «femme enceinte».

7. *Gavamat*: mot inuit dont le sens est «gouvernement».

Celle-qui-ne-veut-pas-de-mari. Prends donc ceci qui est de moi, va-t'en et laisse-moi vivre en paix.»

Ce disant, elle lui montrait son ventre bien arrondi par la grossesse, et le fils dormant à l'intérieur.

L'Ours-qui-avait-l'air-d'un-homme approuva d'un signe de tête. Alors, Najjijuq s'ouvrit toute grande et Gavamat, enfonçant son bras en elle, en retira l'enfant. «Tu t'appelleras Nanoq», fit-il. Puis il laissa partir Celle-qui-ne-voulait-pas-de-mari-et-pas-d'enfant, remit sa peau de bête et prit avec lui Nanoq qu'il éleva comme son fils.

Les années passèrent. Nanoq[8] apprit à chasser et à pêcher. D'abord il n'attrapait que des souris, des petits oiseaux, des petits poissons. Ensuite il rapporta des lagopèdes et aussi des ombles. Bien vite, encouragé par l'Ours Gavamat, il devint expert en gros gibier.

Un jour, en longeant un cours d'eau jusqu'à la mer, Nanoq-qui-n'avait-jamais-rencontré-des-hommes aperçut d'étonnantes créatures. Il en oublia le caribou qu'il chassait et rentra bredouille à la cache. Un pli d'inquiétude traversait son front.

— Qui sont ces gens qui me ressemblent? demanda-t-il à l'Ours Gavamat.

— Ce sont des hommes. S'ils te voient, ils te tueront.

Nanoq dormit mal. Sa curiosité était piquée. Dès lors, ses chasses le conduisirent de plus en plus loin, le retinrent de plus en plus longtemps éloigné du repaire de l'Ours Gavamat. Nanoq cherchait des hommes. Les trouvant enfin, il les suivit et les observa longtemps en tapi-

---

8. *Nanoq*: mot inuit dont le sens est «ours».

nois. Quand il eut amassé suffisamment de courage, il s'approcha d'eux.

À l'adolescent nu qui se tenait devant eux, les hommes posèrent les questions d'usage.

— Je suis Nanoq. Mon père se nomme Gavamat. Il est très fort et très poilu. Et il a de grandes dents. Mais moi, c'est à vous que je ressemble. Pourquoi?

— Parce que tu es des nôtres.

Les chasseurs convainquirent Nanoq de tuer l'Ours Gavamat et de venir vivre avec eux puisqu'il était en réalité un petit d'homme. Ils lui donnèrent un arc et des flèches et lui enseignèrent à s'en servir.

Revenu au repaire, Nanoq eut beau cacher ses armes en attendant le moment de se débarrasser de l'Ours-qui-prétendait-être-son-père, tout ne fut pas si simple. On ne leurre pas Gavamat comme un vulgaire poisson. Pendant la nuit, celui-ci décela chez lui une odeur d'homme. En la reniflant jusqu'à sa source, il découvrit l'arc et les flèches, et il les broya d'un coup de patte. Puis il s'empara de Nanoq qui mourait de peur.

— C'est donc ainsi que tu me rembourses de tout ce que j'ai fait pour toi? grogna-t-il.

Pour se venger de Nanoq, l'Ours-qui-refusait-d'avoir-un-homme-pour-fils enferma l'adolescent dans une cage de fortune, mais solide. Depuis, Nanoq s'étiole. Nourri de miettes, de restes que lui jette l'Ours Gavamat de temps à autre, il va de faiblesse en maladie. Il dort toute la journée. Il ne sait plus courir. Il ne sait plus chasser. Il n'est plus un petit d'ours et pas davantage un petit d'homme. Il rapetisse et rapetisse et rapetisse. Bientôt il deviendra larve, pou, asticot. Quand il sera assez petit, quand il sera assez faible, il disparaîtra de la face du monde.

Alors, l'Ours Gavamat errera tout seul dans son univers uniformément lisse, uniformément triste, uniformément blanc.

LA JOUTE DU SARRASIN

La route de Corvigiano à Murlì traverse des forêts profondes. Nous nous y engageâmes vers midi, Gorchan et moi, au deuxième jour d'une bruine traînante qui entrait sous les os. D'abord plane, le chemin se mit vite à grimper, tandis que d'un côté le paysage s'affaissait brusquement dans des gorges où, par bandes, flottait une vapeur blanc-bleu. L'hiver proche se montrait dans les feuilles croustillant sous nos pieds, dans les grasses et sensuelles odeurs de végétaux putréfiés qui montaient du sol comme des âmes. À intervalles, au creux d'un coude ou au pied d'un muret, pas très loin d'un layon qui ouvrait sa bouche molle dans la masse des arbres, on voyait, entassées, des brindilles, des châtaignes et des bogues. Mais bientôt la route accrochée à l'abrupt ne livra plus trace du passage des

101

hommes, hormis, côté gouffre, les vestiges d'une maçonnerie aux trois-quarts éboulée.

Après quelques lacets, la montagne fut tout à coup en face de nous, fendue en deux. Nous pénétrâmes alors entre des murailles noires en surplomb qui me firent l'effet de flancs-gardes croisées de bourreaux. À cause du ciel opaque et bas sur le défilé, même à cette altitude je me vis soudain enfermé comme sous un couvercle: de très loin dans ma mémoire atavique me parvinrent aussitôt des images de geôles et de cachots humides creusés à même le roc, sans lumière ni chaleur et remplis de soupirs et de rats.

— Si j'étais vous, je n'irais pas à Murlì par la montagne, nous avait-on dit. Je prendrais la route d'en bas. C'est plus long, mais on est certain d'arriver. Tandis que par là-haut…

Me rappelant cette mise en garde, j'eus peur et l'avouai. Mais Gorchan se contenta de ricaner dans un nuage d'haleine froide et d'entourer mes épaules avec son bras. J'ignore si cela restaura mon courage ou ma témérité. Mais je repris bon pas aux côtés de celui qui tel un frère m'enveloppait de son aile et que j'accompagnais à travers le pays au hasard de ses négoces douteux.

Il bruinait encore. J'abhorrais depuis toujours le temps équivoque, participant de saisons contraires réunies en un malsain mélange. J'aimais les ciels lisses, les pluies franches, les grands gels et les sécheresses craquantes. Pourquoi fallait-il à l'automne tant de ces jours lépreux ou buboniques, mous comme des chancres et plus incertains qu'un purgatoire? L'air que je respirais sur cette route de Murlì avait des âcretés qu'il fallait traverser comme le mur d'une tombe.

Nous débouchâmes du défilé d'un coup. Mais le chemin accusait là un virage serré: à deux pas de nous, trois peut-être, béait un précipice sans fond, noyé dans le brouillard. Un battement d'ailes nous fit lever la tête: des éperviers. Et, oh! nous deux brusquement écrasés sous une vision gigantesque crachée par l'épaisseur du roc! Une forteresse prodigieuse hissait ses vestiges hors de la montagne cassée droit presque au-dessus de nous. Sa proue émoulue transperçait les nuages qui fixaient des rubans à ses tours et des traces du soir naissant collaient à la pierre jaune. La terreur m'envahit. Il me sembla que ma raison fuyait à la vue des magistrales murailles ancrées très bas sur le rocher. Ces remparts extravagants dressés sur leur piton étaient-ils notre but? notre destination? Étions-nous arrivés aux portes de l'enfer?

Je devenais fou. Gorchan, d'habitude si vaillant, sombrait lui aussi dans une oppression infinie et gémissait sans retenue.

Puis le silence… l'effrayant silence… La nuit terrible de la forêt tomba peu à peu sans bruit et la découpe fantomatique du château s'étira lentement vers elle.

Brusquement:

— Halte! Qui va là?

Ils étaient cinq, leurs armes dirigées sur nous. Dans mon regard dansaient des flammes héroïques, le rutilement des épées et des piques, la sourde noirceur des béliers, les enseignes et les étendards cravachés par le vent. Quelqu'un proféra des menaces où il était question

de «terres interdites», d'un certain «roi maure», de «péage», de «tribut». L'obscurité que je sondais en vain me déroba longtemps leurs visages; je ne sais pourquoi j'imaginai sous le surplomb des arcades sourcilières les purulentes cavités orbitales des hommes à qui l'on aurait arraché les yeux et coupé le nez, les oreilles, la langue...
À l'évidence, cela ne tenait pas debout: comment, après un tel défigurement, eussent-ils pu brutalement nous pousser, Gorchan et moi, ainsi qu'ils le faisaient déjà, sur un sentier muletier aux pierres huilées de bruine, malaisé, vertigineux, vers le faîte de ce lieu d'horreur et de malédiction?

Tenter de nous échapper fut impossible. L'exiguïté... la nuit... l'à-pic... à tout moment nous risquions d'être précipités dans le vide. Du point de vue de Dieu nous devions ressembler à des fourmis en équilibre sur une lame de couteau. Dans le faisceau incertain des torches que portaient deux de nos gardiens, nous mîmes un siècle à atteindre le spectaculaire système de défense que la montagne avait enfanté pour un roi.

Une fois franchi le seuil, les torches projetèrent nos ombres agrandies sur la courtine. Gorchan me précédait. Nous traversâmes une cour, puis on nous fit accéder par une porte en arc brisé à une grande esplanade occupée d'un côté par la masse carrée d'un donjon et ceinturée d'un mur où couraient les restes du chemin de ronde. Là, devant une brèche ouverte sur le plein ciel, se tenait un homme (un Maure, un roi) drapé dans un manteau.

Le temps passa. L'homme nous observait et nous observions l'homme. Entre nous le silence s'épaissit jusqu'à devenir une chose lourde et adhésive qui serait bientôt impossible à déloger. Gorchan réagit, et notre destin commença de s'accomplir:

— Nous venons de Corvigiano! cria-t-il. Nous allons à Murlì!

Le Sarrasin resta enfermé dans son mutisme.

— Vous avez entendu? De Corvigiano!

Le Maure se taisait toujours. Ce n'est qu'au bout de longues minutes qu'il dit, sur un ton vaguement amusé:

— Il y a plusieurs façons de châtier des prisonniers. Laquelle choisirez-vous, je me demande?

— Prisonniers? Mais qu'avons-nous donc fait? (Nous criions cela tous deux ensemble, avec des mots différents.)

— Je pourrais vous faire pendre. Mieux, vous obliger à vous pendre vous-mêmes: n'est-ce pas un excellent exercice de volonté? Les soldats ne détesteraient pas non plus vous jeter du haut de la falaise. L'ennui les étrangle ici. Une petite distraction ne leur ferait pas de tort. Mais j'estime, personnellement, que ce serait un puissant gaspillage. La disette sévit souvent sur ces hauteurs. Un homme jeune, que dis-je? *deux* hommes jeunes et rôtis à point agrémenteraient l'ordinaire de mes garnisons. Qu'en pensez-vous?

La bruine avait cessé. Des bourrasques balayaient maintenant le ciel en le nettoyant de tout reste de nuage. Son grand manteau claquant au vent, le roi maure cessa de plaisanter. Nous avions été surpris sur son domaine, dont l'accès était depuis toujours interdit à quiconque. D'une voix lasse, il nous dit: «Vous avez pris des libertés imbéciles: *traverser la montagne...* Combien d'hommes peuvent prétendre à ce recours?»

Ensuite, on nous emmena.

À ce jour, je n'ai pas compris l'agencement des salles souterraines où l'on nous conduisit ni comment un château, même de telles dimensions, pût receler des prisons d'un pareil gigantisme. Nous n'en finissions plus de descendre — à croire que nous nous enfoncions dans le cœur même de la montagne; d'emprunter des escaliers monumentaux que brisait çà et là un palier; de marcher à la file indienne le long d'étroites passerelles reliant à des hauteurs inouïes de colossales galeries voûtées, elles-mêmes traversées par d'autres galeries encombrées de treuils, d'engrenages, de palans... Et à quoi pouvaient donc servir ces moignons de poutres au bout parfois déchiqueté (tel un arbre frappé par la foudre), parfois sculpté en démon de gargouille, qui saillaient des parois à des hauteurs variables, sans ordonnance ni symétrie? Il nous est arrivé de longer des stèles — quelques-unes coiffées d'une corniche en granit clair — sur lesquelles avaient été gravées des phrases, souvent latines, et des mots abrégés. Nous vîmes aussi très loin une porte démesurément haute que cloutaient des visages de fer: ainsi, curieux trophées, accrochait-on jadis à l'entrée des cités les têtes des vaincus... Finalement, au pied d'un escalier en spirale qui encerclait une tour d'incroyables proportions, nous zigzagâmes au milieu d'une série de herses apparemment inutiles disposées en chicane, pour déboucher enfin sur une surface dallée grande comme une aire de tournoi dont trois côtés paraissaient suspendus dans le vide. Cependant, au coin droit jaillissait un pont basculant, un double pont-levis dont l'autre extrémité s'ajustait par une sorte de miracle à un tout petit balcon de bois sculpté, étonnamment frêle dans un ensemble aussi robuste. Lorsqu'elles étaient actionnées par un système compliqué de câbles et de poulies, les deux volées du pont se touchaient ou se séparaient loin au-dessus d'autres galeries, d'autres voûtes, d'autres escaliers, d'autres passerelles, qui multipliaient leurs démences à des profondeurs infinies.

À quelles hordes barbares, à quelles multitudes de chiens était donc destiné ce gigantesque ouvrage? Les galeries et les terrasses, les salles et les passages voûtés étaient déserts. Les chambres de torture, les cellules, les cachots: tous vides. Les gorgones et les chimères en bronze fichées aux murs tenaient entre leurs dents ou leurs griffes des fers qui n'enchaînaient personne. Après que nos gardiens nous eurent enfermés au moyen d'un ingénieux réseau de palans et de câbles dans des cages maintenues au-dessus du vide presque de l'autre côté du pont, Gorchan et moi demeurâmes les seuls êtres vivants dans toute cette horreur pétrifiée.

La nuit passa, lourde et lente, pareille à une seule longue terreur. Recroquevillés dans nos loges que le moindre mouvement faisait se balancer, nous traversions, hébétés, un cauchemar atroce. Nous étions réduits à l'état de chiffes, nous ne nous posions aucune question, nous avancions dans l'invraisemblance en aveugles, frappés de stupeur et résignés à notre sort. Même entre nous, nous ne parlions pas, trop égarés au fond de nos effrois pour être capables de cohérence. Quelques faisceaux de lumière venus Dieu seul sait d'où glissaient sur les parois, s'accrochaient aux aspérités, perçaient la profondeur du gouffre. J'en jouai un temps avec une nonchalance hors de propos, projetant ici et là les ombres que construisaient mes mains.

Après ce qui sembla une éternité, des échos nous parvinrent, des bruits répercutés à l'infini, bruits de métal, bruits de pas, bruits de voix, bruits de portes fermées et de bousculades. Des hommes enfin parurent. Au centre de la plate-forme suspendue d'où jaillissait le pont nous les vîmes déposer une base très lourde où ils fichèrent un pantin monté sur un pieu. Son bras gauche replié retenait un bouclier rond sur lequel on avait tracé une cible. Dans sa main droite pendait un fléau d'armes. Sur sa tête dépourvue de traits, grossièrement façonnée, un casque rond sans visière, avec cimier en pointe, qui paraissait d'argent et d'or. La précarité de ma situation ne m'empêcha pas d'en apprécier la beauté: des damasquinures compliquées recouvraient sa surface (versets du Coran ou d'un poème épique); un nasal mobile, étroit et long était fixé sur le devant et tout autour retombaient les grands pans inégaux d'un camail. Dans un éclat de rire, les soldats imprimèrent un élan au Sarrasin de paille et s'en furent. Il tourbillonna longtemps, tout seul au beau milieu de la lice, emporté par le poids du fléau, son absurde et hallucinant mouvement ponctué par le grincement régulier du pal dans son socle de fer.

Quelque temps plus tard, ils revinrent. D'en haut, d'en bas, de partout à la fois, ils surgirent et s'accoudèrent çà et là aux balustrades des galeries et des escaliers, ils se pressèrent dans les ouvertures et les portes, ils formèrent de petits attroupements sur les passerelles et sur les ponts. Les prisons jusque-là désertes s'emplissaient de remous. Les soldats accouraient comme des blattes, comme des rats; ils se groupaient tapageusement au-dessus, au-dessous et autour de nous et du pantin casqué; ils demandaient du sang; ils réclamaient le spectacle depuis leurs balcons improvisés dans cet extravagant théâtre. On nous libéra de nos cellules suspendues. Lorsque le maître de la forteresse fit son entrée, il exigea un bien singulier péage:

— Pour tout droit de passage sur mes terres la vie d'un seul de vous deux me suffira. Vous affronterez donc ce pantin en combat à outrance. Le premier de vous qu'il terrassera sera mon tribut. Que la joute commence!

Pour ouvrir le combat, le sort désigna Gorchan. Le coup de masse qu'il assena au bouclier du Maure le fit aussitôt pivoter sur son socle. Le fléau siffla, que Gorchan esquiva de justesse en se jetant par terre. Je pris sans tarder la relève, frappant aussi, puis fuyant à mon tour l'arme du pantin. Bientôt des clans se formèrent parmi les spectateurs. Un tumulte acclamait nos prouesses; à chaque coup porté comme à chaque esquive les soldats scandaient mon nom ou celui de «Gorchan! Gorchan! Gorchan!»

Cris et scansions ajoutés au tournoiement continu du Sarrasin de paille finirent par nous étourdir. Rompus de fatigue, nous perdîmes vite notre adresse. Si nous ne pouvions échapper à la sentence, lequel de nous allait mourir? La race humaine trafiquera toujours de sa survie. L'instinct fit de nous des fauves. Gorchan et moi nous regardâmes: dans ses yeux (comme, certes, dans les miens) passèrent des lueurs de haine.

Pour vaincre, résister au pantin ne suffisait déjà plus. Il cessa donc d'être l'adversaire et devint l'arme même que Gorchan et moi utilisâmes l'un contre l'autre. Nous déployions tout un éventail de tactiques visant à nous placer mutuellement dans le champ du fléau dont nous reçûmes, sous les vivats, quelques blessures sans gravité. Cependant, parce que ces stratégies usèrent plus que notre habileté, nos forces, il arriva assez tôt que, voulant se dérober à l'arme du Sarrasin de paille, Gorchan, trop près du bord, fit un faux pas et perdit pied. La lice, je l'ai dit, n'était pas enclose. Gorchan ne put s'agripper à rien: il glissa vers sa mort avec un hurlement de damné au milieu des acclamations du public. En même temps, je reçevais le coup qui lui était destiné et tombais face contre terre, privé de sentiment.

*

Je repris connaissance à Murlì. C'est cela. Dans une auberge de Murlì. Désorienté. Épuisé. Contus. Je posai des questions. On me donna des réponses dont aucune ne me satisfit.

Il y a des années de cela. À ce jour, je ne sais pas ce qui s'est vraiment passé, je ne sais pas ce qu'est devenu Gorchan. Mais Dieu m'est témoin, je ne cesse de ratisser ce chemin de montagne. Je vais, je viens sans trêve de

Corvigiano à Murlì, le jour, la nuit, par n'importe quel temps. En vain. Je ne retrouve pas Gorchan. Je ne retrouve pas la forteresse. On me croit fou — et sans doute le suis-je devenu, à force... Maintenant, quand je demande, quand j'entre dans un café ou une auberge et que je demande, et que j'insiste, le ton monte, on s'impatiente:

— Mais enfin! Il n'y a pas de forteresse! Ni sarrasine ni rien du tout! Il n'y a *jamais* eu de forteresse, jamais, entre Corvigiano et Murlì!

— Alors, dis-je, alors... *où est Gorchan?*

CINQ HISTOIRES ORIENTALES

HISTOIRE DES SUSPENDUS D'OKAZ

Lorsque j'estimai venu pour moi le moment de faire le pèlerinage de La Mecque, je réglai tous mes différends, ordonnai ensuite ma maison en prévision d'une absence prolongée et me joignis à une caravane en provenance d'Alep. La foule des bêtes et des hommes y était innombrable; à chaque étape d'autres voyageurs, pèlerins ou commerçants, venaient la grossir et elle déroulait des houles de couleur, elle ondulait telle la mer qui arrose en ses bornes le pays du Prophète.

Or, il se trouva un jour parmi les nouveaux arrivants un homme appelé Younous dit le Turc. Pauvre, dépenaillé, sans provisions, il avait pour seuls biens une tunique rapiécée et, glissées dans une gaine en cuir fixée à sa ceinture, des cuillères en bois du plus bel art, très semblables à celles que fabriquent les artisans de Ba'albec. À la halte, grâce aux aumônes d'un cheikh généreux, Younous et les autres caravaniers de sa condition reçurent de la nourriture que l'on avait cuite pour eux dans d'immenses chaudrons. Le petit derviche — car c'en était un et il était petit — tira alors de leur étui les cuillères si parfaitement encastrées les unes dans les autres qu'elles paraissaient n'en faire qu'une seule et les distribua à quelques-uns de ses compagnons qui en étaient dépourvus.

Aux demandes qu'on lui fit sur l'origine de ces cuillères, Younous répondit que non, elles ne provenaient pas de Ba'albec mais qu'elles étaient l'œuvre de son maître. Celui-ci les lui avait offertes à l'aube d'un voyage initiatique qui devait durer quarante ans.

— Elles sont en bois d'olivier qui représente la Lumière de Dieu. Elles sont décorées d'une huppe, car la huppe est messagère de l'invisible. Elles sont au nombre de sept pour figurer les sept versets de la cent-septième sourate (al-Ma'un) où il est dit :«Malheur à ceux qui font la prière et la font négligemment; qui la font par ostentation, et refusent les ustensiles nécessaires à ceux qui en ont besoin.» Car, si pauvre que soit ma ration il plaît à Dieu que je la partage.

Younous le Turc avait prononcé ces paroles presque en les psalmodiant, d'une voix plus agréable à l'âme que du lait de chamelle à celui qui a soif. Ce soir-là, nous l'écoutâmes longtemps dans le ravissement improviser des poèmes où il évoquait tour à tour la grandeur de l'Ami et l'insignifiance de Son serviteur. Puis, nous nous installâmes pour dormir.

Le feu éteint, la nuit glacée du désert me tira de mon sommeil. Je m'enroulai plus serré dans ma couverture mais un bruit léger et continu qui ressemblait au clapotement sec d'un panneau de tente me tenait éveillé. Or, il n'y avait pas la moindre brise. Je me dressai sur mon séant, l'oreille tendue, et compris.

M'approchant de Younous recroquevillé à deux pas de moi, je le rassurai:

— Sshhh... c'est moi, Abou Fallâh. Ne crains rien.

Je couvris alors le petit derviche à moitié mort de froid avec mon manteau le plus chaud. J'ignore si Younous s'aperçut de quelque chose, car il ne bougea pas et ne dit rien. Mais il cessa peu après de claquer des dents et s'endormit.

Derviche, oui, mais turc et fier. Il ne fut pas question du manteau ni le lendemain ni les jours d'après, sinon par un regard discrètement inquisiteur de Younous, que je fis semblant de ne pas voir. Il put donc conserver mon aumône sans en ressentir d'humiliation. Ne pouvait-on supposer que le manteau s'était posé de lui-même sur Younous pendant la nuit? ou qu'un envoyé de Dieu le lui avait apporté? ou que des djinns l'avaient tissé pour répondre à une prière secrète du moine? Dieu seul est savant...

La caravane poursuivit sa route. Déserts, palmeraies, bourgades, plateaux couverts de steppes et djebels, nous connûmes tous les temps et toutes les misères. De jour, la chaleur était parfois si intense qu'elle faisait se liquéfier les images devant nos yeux. Les chameaux avançaient alors à travers un filtre déformant qui estompait même les couleurs de leur charge et où leurs flancs grossis par les ballots de fourrage se balançaient indolemment. Parfois, le vent en rafales soulevait des tourbillons de sable: l'on devinait plus qu'on ne voyait bêtes et hommes dans cette opacité sifflante où la monotonie habituelle des petits bruits était brisée par le claquement violent des robes. Pour ménager nos méharis, il arrivait que nous marchions à leur côté, mais quand la fatigue nous gagnait nous nous laissions bercer par eux, le cœur et le regard fixés sur le soleil mourant derrière le massif turbulent du Hedjaz.

Puis, la caravane établissait son campement. Le groupe que nous formions avec Younous le Turc avait pris l'habitude, le repas terminé, d'échanger des poèmes, sacrés pour le derviche qui mettait en eux toute sa ferveur mystique et toutes ses angoisses d'homme, profanes pour nous qui improvisions en vers des récits de vaillance ou… mais, à vrai dire, seuls mes compagnons excellaient à ces joutes. Moi, parce que je n'aurais su qu'ânonner par cœur des poésies anciennes dont le souvenir n'avait pas décrû, je préférais me réjouir en silence du talent des autres. Younous, il va sans dire, me subjuguait. Tiens, écoute:

Ce prince dont le verbe a créé la lumière, ce
gracieux célébré par des hymnes, c'est moi.
Sans couper ni retenir, celui qui donne la
nourriture, le sultan universel, c'est moi.
Celui qui d'une semence fait un homme et d'un
œuf un oiseau, celui qui accorde le langage de
puissance, c'est moi.

Celui qui fait les croyants, qui suscite des pécheurs
dont il couvre la honte, ce guide et ce témoin,
c'est moi.
Éternel et distributeur, l'Omnipotent, c'est moi.
Demain, l'ange de consolation portera ma cruche.
Ma grâce le sauvera.
C'est moi qui place l'os et dispose la peau, qui
tiens, par maîtrise de la chair, les rideaux du
secret. Les affaires de ma chancellerie sont
innombrables.
Palpable mais néanmoins caché, on me voit
invisible. Je suis des commencements et de
la fin. Je suis, créateur et ordonnateur, ce
Iaveh du monde.
Chez lui, pas de drogman pour ses affaires: j'y
entends tout clairement. Il a, Younous, mille et
un noms.
Je suis l'auteur du Coran[9].

Et c'est ainsi que, jours et nuits se succédant, nous arrivâmes en vue de Médine. Je rassemblai mes affaires, rendis ma monture louée au maître de caravane et pris congé de mes compagnons. J'allais visiter le tombeau du Prophète, premier rite de ce pèlerinage qui durerait presque vingt jours. C'est alors que Younous le derviche me prit à l'écart et me dit:

— Paix sur toi, Abou Fallâh, et sur tes descendants. Un jour viendra où Dieu me permettra de rembourser ta

9. Younous Emré, *Le divan*, traduit du turc par Yves Régnier, Gallimard, 1963, p. 60.

bonté envers moi. Peu importe quand. Sache que le temps qui passe ne dénoue pas les promesses.

Sur ces mots, il me quitta.

*

L'excès de mon goût pour le voyage fit que je m'attardai à La Mecque bien après avoir accompli la dernière obligation que m'imposait ma pratique religieuse. Outre qu'il me plaisait de demeurer dans le voisinage de la mosquée sublime, j'éprouvais beaucoup d'agrément à la compagnie de quelques personnages de la ville qui étaient devenus mes amis et avec lesquels je m'absentais parfois pendant plusieurs jours pour chasser le gibier du désert. Mais au bout de quelque temps, ces expéditions me lassèrent et même la proximité de la Ka'aba qui affermissait ma foi ne suffit plus à diminuer le besoin que je ressentais de regagner ma maison.

Je résolus donc de prendre le chemin du retour, non sans avoir au préalable fait une halte au bazar d'Okaz où, disait-on, l'on vendait les armes les plus belles et les chevaux les plus fringants qui soient.

Entrant à Okaz au moment où, le soleil à son zénith, les marchands d'eau et de melons font de bonnes affaires, je recherchai aussitôt la fraîcheur des souks. Par les lucarnes percées dans leurs dômes un faisceau de lumière trouait l'ombre tous les vingt pas. Je passai les heures les plus chaudes de la journée dans ce long et sombre serpent qui glissait à travers la ville, m'entraînant du quartier des tanneurs à celui des orfèvres, ensuite chez les dinandiers, les vendeurs d'épices et les apothicaires (où l'on peut trouver du musc, de l'ambre gris et d'autres parfums), puis je disputai longtemps dans le souk des tapis le prix d'une portière anatolienne fort plaisante à voir, et j'achetai enfin à un vieillard honorable trois paires de pantoufles brodées à la mode d'Isfahan, pour mes femmes.

Plus tard, après m'être procuré quelques betteraves cuites et un peu de pain que je mangeai assis, appuyé contre un mur, la chaleur s'étant apaisée je gagnai la place à ciel ouvert où commerçants et pirates criaient leurs esclaves et leurs sabres. La foule tapageuse des enchérisseurs formait des paquets au pied de chaque estrade où paradaient tour à tour les Circassiennes et les Grecques que l'on déshabillait. Ailleurs, c'étaient de grands eunuques noirs qu'on s'arrachait pour leur docilité et leur force, tandis qu'on proposait plus loin à des courtiers délégués par leurs maîtres avides de plaisirs particuliers quelques adolescents imberbes et nus. J'allai, pour ma part, du côté de la place où l'on vendait des armes: épées et yatagans en acier repoussé, admirables petites dagues gravées et surtout, surtout, envoyés du Yémen, les beaux cimeterres et les poignards dont la lame courbe est gainée d'argent et le manche en ivoire est incrusté d'or.

Je faillis bien me laisser tenter par un cimeterre qui ne devait pas avoir son pareil dans tout le monde des Croyants, un cimeterre exécuté dans les règles de l'art et si richement décoré qu'il ne pouvait avoir appartenu qu'à un prince. Mais il y avait là un Arabe fortuné qui s'acharnait dessus. Chaque fois que je criais ma mise, il me regardait en ricanant, calme et les bras croisés, et il faisait aussitôt monter les enchères. Je dus très vite renoncer à m'offrir un aussi coûteux caprice.

Mon attention fut bientôt détournée de cette déception par un petit garçon dont la voix aiguë proposait des tranches de melon séché au soleil. De tous les fruits préparés de cette façon, le melon est mon préféré: en le dégustant les yeux mi-clos, je me laissai entraîner mollement par le mouvement de la foule. Ainsi, peu à peu me parvint la mélopée envoûtante d'un conteur public. L'homme, ma foi, assez jeune, assis par terre dans un coin ombragé de la place, était entouré de curieux à qui il récitait en la scandant l'histoire de Aïcha-la-Rusée qui ne voulait pas épouser un vieillard. Aïcha s'entretint directement avec les entremetteurs pour fixer le prix des fiançailles. Les entremetteurs rapportèrent au vieillard les conditions de la fille. Il crut d'abord qu'elle ne désirait que vingt béliers, trente chevreaux, quarante aigles et d'autres animaux encore, tous biens qu'il pourrait rassembler sans peine. Mais il avait près de lui un conseiller qui décela dans cette «rançon» une énigme à résoudre.

— Vois-tu? Par les vingt béliers qu'elle réclame Aïcha t'envoie dire: «Si tu avais vingt ans, tu serais vigoureux et je t'épouserais»; quant aux chevreaux, leur sens est «Si tu avais trente ans, tu jouirais abondamment de la vie et je t'épouserais»; les quarante aigles portent le message suivant: «Si tu avais quarante ans, tu...»

L'histoire m'étant connue, je m'éloignai.

J'aime les foules. Le bruit. Les foires. Celle d'Okaz m'étourdissait. Jamais je ne m'étais autant senti emporté par d'aussi heureux mélanges de couleurs, de parfums, de voix. Regarde. Écoute. Sens. Ici des musiciens joueurs de flûte et de tambour qu'un cercle d'hommes accompagnent en frappant dans leurs mains; là, les chèvres, les oies, le piaillement des oiselets en cage que l'on achète pour les libérer à l'entrée des mosquées avec une prière à emporter au ciel; entre les grognements du portefaix, voici tel cri du marchand d'eau, tel autre du vendeur d'amulettes, voilà les offres des acheteurs de sabres et les boniments des négociants d'esclaves; plus loin le hennissement et le piaffement de chevaux parqués dans une cour et destinés à la vente. À tout cela se mêlent les effluves de ragoûts et de viandes grillées avec des épices, l'odeur âcre des sacs de céréales, la puanteur de quelques chameaux arrivés du Soudan avec leurs charges, le parfum violent des condiments ou celui, ni acide ni sucré, des oranges tombées de leur pyramide et que la foule piétine; et les tuniques et les turbans de couleur vive, et les ceintures et les calottes brodées, et les manteaux étonnants ou les grands voiles indigo de mille et un voyageurs venus de partout sur la terre, Arabie heureuse toute proche, ou Maghreb lointain, ou Perse, ou Caucase, ou Tokay!

J'aime les foules. Mais j'aime encore mieux les chevaux. Et quand je pénétrai dans la cour où étaient réunis ceux des enchères de la journée, j'en aperçus un dont la beauté et la noblesse me coupèrent littéralement le souffle. C'était un pur-sang arabe, un alezan brûlé qui me paraissait d'une absolue perfection. En admirant son élégance racée, j'éprouvais le même vertige que dut ressentir à la vue d'Aïcha-la-Rusée le vieillard qui la voulait pour femme. «Mais, me dis-je, n'es-tu pas un homme raisonnable? Maîtrise la folie de ton cœur! Ce qui t'émeut à ce point n'est peut-être qu'un leurre, une peau de lion sur une charpente de vache! Observe d'abord ce cheval à l'œuvre! Ensuite seulement décide s'il doit ou non t'appartenir!»

Je fis part de mon souhait à l'un des gardiens. Il conduisit devant moi le cheval. À quelque distance de lui, je l'examinai de profil et de face, puis de très près, avec mes yeux et avec mes mains.

Ni tare ni défectuosité. Stable. Un bon dos, un rein bien attaché, le flanc court et plein, la croupe inclinée, très adéquatement musclée et longue. J'étudiai le jarret, le genou et les aplombs, la crinière, la queue et les bourses. J'observai l'union de la tête avec l'encolure et vis qu'elle était excellente. Le cheval possédait également une belle nuque large, des oreilles hardies, de grands yeux sombres sous un front droit, le chanfrein court et les naseaux amples comme l'antre du lion.

Ensuite, aidé par le gardien qui maintenait l'alezan en place, j'appréciai d'abord ses dents et leur degré d'usure, puis ses pieds, sabots et talons. Enfin, comme je voulais en juger les allures, je le fis aller au pas et au trot sur tout le périmètre de la cour.

En vérité, j'avais devant moi un cheval si noble, si parfait que même le Prophète (puisse-t-il m'accorder son pardon!) jamais n'en posséda de semblable! Mon cœur battait contre mes côtes quand je demandai au gardien:

— À qui appartient ce joyau?

— À un émir de Sana'a, au Yémen.

— Il est pour vendre aujourd'hui?

— Oui. Bientôt. Après l'étalon bai que tu vois là.

À l'endroit de la place où, plus tôt, des esclaves avaient été offertes à la criée, paradait maintenant un cheval presque aussi admirable que le mien. Le mien... Ah! quelle folie m'animait donc pour m'en croire déjà le propriétaire? Il allait sûrement commander une somme très importante dont je ne disposais pas! Mais mon désir était plus fort que ma raison. Sous le coup de l'émotion, je décidai qu'aucun prix ne serait trop élevé pour le bonheur de posséder un cheval aussi splendide. L'argent manquerait? Qu'à cela ne tienne! L'émir pourrait bien prendre ma maison! et les maisons de mes fils! et mes terres et tous mes autres biens, y compris mes trois femmes et mes deux filles! Et si cela ne suffisait pas, je me placerais moi-même à son service et j'embrasserais la terre à ses pieds pendant le temps qu'il estimerait équitable!

L'étalon bai vendu, on amena mon prince. Il vint, d'une allure énergique et régulière, son regard limpide et franc tourné vers moi comme s'il savait.

Le drogman de l'émir lui-même prit la parole pour détailler les beautés du cheval, accueillies à chaque fois par des acclamations et des applaudissements. Tremblant qu'un acheteur plus argenté que moi ne me précède, mû par mon impatience, je criai une mise sans avoir attendu le début de l'enchère. Mais l'envoyé de l'émir demeura impassible et continua son boniment, soulignant cette fois les conditions très particulières de la vente qui me jetèrent dans un profond désespoir.

— L'émir mon maître a dit: «L'argent n'achète pas tout. Le plus noble des chevaux ne saurait appartenir qu'au plus noble des hommes.»

Ma plus grande crainte s'avérait!

— Toi ici, poursuivait l'envoyé, tu le veux, ce cheval? Est-ce que tu le mérites? Et toi là-bas? En es-tu digne? Et toi? Alors, viens ici, approche-toi et clame bien haut et en vers les raisons qui font de toi le meilleur des Arabes! Le poète parmi vous qui remportera la joute sera seul digne d'acquérir le pur-sang de l'émir!

Pris d'angoisse, je tirais sur les pans de mon turban qui se défaisait et que j'entortillais autour de mes mains, j'enfonçais mes poings dans ma bouche, je mordais la mousseline! Moi, je n'étais qu'un minable sans talent, le dernier des derniers même dans la plus insignifiante des joutes oratoires! De ne savoir pas mettre deux vers bout à bout j'allais devoir renoncer au cheval le plus merveilleux de tout l'univers! La vie me paraissait injuste.

Déjà, les acheteurs se bousculaient au pied de l'estrade; c'était à qui y monterait en premier. Parmi eux, des Bédouins, réputés pour leur art. Dans ces enchères poétiques, ils raflent toujours tout! Étouffant de rage et de désespérance, m'agitant, avalant mon turban par petits bouts, maudissant le sort qui m'avait privé même du plus infime talent littéraire, c'est à peine si j'entendis le drogman de l'émir annoncer par ces mots le début du concours:

— Que l'homme juge l'homme, avec la miséricorde de Dieu!

C'en était fait. Le cheval convoité ne serait pas à moi. Jamais je ne pourrais me mesurer aux autres. De poème en poème, de perdant en vainqueur, de chahut en vivat, mon angoisse grandissait. Au moment où un nomade fort beau, fier et élégant, déclama avec grâce des vers savamment rythmés et de construction exemplaire qui soulevèrent les spectateurs d'enthousiasme, je sentis qu'on me tirait par la manche.

— Abou Fallâh...? C'est bien toi, Abou Fallâh? Qu'est-ce qui te met dans cet état?

— Younous!

Le petit derviche, Younous-au-don-de-poésie se tenait près de moi.

Nous nous donnâmes une grande accolade accompagnée de fortes tapes dans le dos et d'autres manifestations de joie. Puis:

— Tu vois le cheval qui est là? Tu vois ce présent de Dieu aux Arabes?

Et je lui fis part de mon désarroi. À peine avais-je terminé mon récit que le Turc se frayait un chemin jusqu'à l'estrade. Lui qui ne s'était jamais adressé qu'à Dieu, il se mit aussitôt à improviser un éloge profane qui me stupéfia tant il dépassait en beauté et en excellence tout ce que, de ma vie, j'avais pu entendre! Et le plus extraordinaire est que cet éloge me concernait, moi! Il me désignait! Younous m'y décrivait comme le meilleur de tous les Arabes, il y déployait ses dons à démontrer pourquoi moi seul étais digne de l'alezan!

Il disait, et la foule en était conquise:

Le monde ne verra jamais un Arabe
comme cet Arabe,
Un homme si agile, si brave, si généreux!
Ah! tant de valeur et tant de sagesse!
Ah! tant de force et de beauté!
Toute addition à cet homme parfait
serait un défaut,
Car il a un cœur de lion pour cœur et son
corps est d'airain et sa vaillance est égale
à celle du dragon!
Quand il se tient à cheval et manie les rênes,
on dirait un sultan ou un guerrier puissant tant
il possède de noblesse royale et de grâce,
Et quiconque l'aperçoit alors en perd l'appétit!
Ne parlez pas d'hommes devant lui qui ne
suivraient la trace des vainqueurs,
Car il n'estime que les âmes fortes
et les cœurs vigilants!
Jamais mère n'a mis au monde homme
plus valeureux:
Ce qu'il reçoit d'une main il le redistribue de
l'autre en sorte que le Ciel se réjouit de sa vie!
En vérité, il n'y a d'astre pareil à lui ni de
joyau plus précieux dans toute l'Arabie!
Ainsi, quand il quittera la terre et sa poussière,
que l'air se sera troublé pour lui et que sa nuit
sera devenue sombre,
Le Maître de Justice adoucira son sommeil et
de Sa propre main le couronnera de gloire!

On salua Younous le Turc comme aucun des autres poètes avant lui. On le couvrit de fleurs. On lui offrit des fruits et une ceinture brodée. Tous ceux qui convoitaient le cheval de l'émir yéménite capitulèrent devant celui qu'ils portaient déjà en triomphe tout en lui réclamant d'autres vers, d'autres qasidas, d'autres preuves de sa force oratoire, de sa noblesse et de ma valeur!

Le drogman lui a donné le cheval. Oui. Tu m'as bien compris. Il n'a pas *permis à Younous d'acheter le cheval,* il le lui a *donné*: «Fais-en ce que tu voudras, dit-il. Dorénavant il t'appartient.» Alors, Younous, sans perdre un instant, Younous me tendit la bride de l'alezan et dit pour que tous l'entendent:

— Remets-moi ma dette, Abou Fallâh au cœur généreux, et que la paix de Dieu t'accompagne. Tu m'as un jour empêché de mourir de froid et je t'ai juré reconnaissance. Quand l'heure sera venue pour toi d'entrer au Paradis, puisses-tu en passer la porte monté sur ce pur-sang.

Là-dessus, il me serra dans ses bras et ajouta: «Mes errances ont pris fin, Abou Fallâh. Il est temps que je retourne auprès de mon maître.»

*

Les poèmes de Younous furent inscrits en lettres d'or sur fond de soie noire et suspendus dans l'enceinte du sanctuaire. Ils s'y balancèrent pendant toute une année avec les autres poèmes acclamés par le peuple, les autres trésors littéraires, les autres «suspendus» d'Okaz. Et les hommes et les femmes et les enfants apprirent par cœur les vers de Younous le Turc, et les plus jeunes et les plus vieux chantèrent et récitèrent les vers de Younous-au-don-de-poésie, et Younous, isolé des fracas du monde, à l'abri derrière les murs de son couvent, Younous qui était déjà chéri de Dieu devint à son insu un héros populaire.

Moi, je regagnai ma maison sans fatigue ni misère, ailé, léger, léger, sur le plus magnifique cheval de tout l'univers des Croyants, *mon pur-sang à moi!* Il était noble, il était agile, son hennissement imitait la scansion des poèmes de Younous et il se nommait *Sâgh el-rih,* ce qui veut dire Pied-de-Vent.

HISTOIRE DES GROSSES LARMES
DU PETIT SULTAN BOABDIL

— Oh, dis, raconte-nous une histoire...

— Oui! Oui! Une histoire!

— Oh, oui! Raconte...

— Je veux bien... mais... quelle histoire?

— Celle que nous aimons tant.

— Vous les aimez toutes.

— Celle que nous te demandons toujours.

— Celle du Trente et unième oiseau?

— Non, pas celle-là.

— Celle de l'Envoleur de chevaux?

— Non, tu nous l'as racontée hier!

— Certainement pas celle de l'Oiseau boulboul?

— Nnnoui...

— Non! Moi je veux pas.

— Celle de Didem-au-Petit-Serpent, alors?

— Non, non.

— Non!

— Non. Celle-là, tu nous la raconteras demain.

— Alors, laquelle?

— Celle du petit sultan.

— Oui, oui! celle des grosses larmes du sultan.

— Oui! Raconte-nous l'histoire des larmes de Boabdil!

— Mais vous la connaissez par cœur!

— Ça ne fait rien. C'est juste mieux. Si tu en oublies des morceaux ou si tu te mêles avec d'autres histoires, nous, on racontera pour toi.

— Entendu. Alors, écoutez bien. Il était une fois, il n'était pas une fois...

— À part Allah, il n'y avait personne!

— ... un tout petit sultan répondant au nom de Boabdil, à qui un très grand sultan avait confié un tout petit royaume.

— Mais non! Tu te trompes déjà! C'était un refuge, pas un royaume!

— C'était un refuge, mais Boabdil régnait sur ce refuge comme le petit roi qu'il était, donc, c'était un royaume.

— Si tu veux. Mais c'était un refuge.

— Près de la mer.

— Près de la mer, au pied des montagnes.

— *Dans* les montagnes.

— D'accord. Mais si vous m'interrompez toujours, je n'arriverai jamais à la fin de l'histoire!

— ...

— ...

— ...

— Bon. Or, un jour que le sultan Boabdil parcourait son royaume en tous sens (le royaume était si petit, si petit, que le petit sultan Boabdil en faisait le tour six fois en l'espace d'une journée...),

— Huit fois s'il était à cheval.

— Ce matin-là, disais-je, le sultan Boabdil fut pris d'une grande tristesse, car il se remémorait les splendeurs de Grenade — où il avait aussi eu son trône — et la magnificence de l'Alhambra qui était un palais bien plus vaste et bien plus beau que celui où il était maintenant forcé d'habiter.

«Mon jardin, songeait-il, est à peine plus grand qu'un raisin sec! Mon divan, aussi minuscule qu'un pou! Mes écuries n'abritent plus qu'un demi-cheval! Mon lit est trop petit pour une femme entière! Toute ma vie a été réduite au millième de son format d'origine! Même moi, qui n'étais déjà pas grand, j'ai rapetissé! Quelle existence éprouvante que la mienne...»

— Ce que songeant (mais il exagérait tout de même un peu), le petit sultan Boabdil versa sa première larme de la journée et la recueillit dans une fiole qu'il avait suspendue à sa ceinture. De retour au palais, il la transvaserait dans une citerne très particulière qui occupait une place d'honneur dans son jardin nain (où poussaient néanmoins de petites roses et de petites pêches et de petits concombres — car Boabdil était friand de concombres — et où trouvaient malgré tout à vivre de petites tor-

133

tues et de petits paons et des arbustes nains et des cerisiers menus — donc, il n'était pas si petit que ça…), une
place d'honneur, dis-je, tout à côté d'un réséda à droite,
et d'un térébinthe à gauche.

— Pourquoi?

— Parce que c'est ce que lui avait dit de faire la
magicienne.

— Quelle magicienne?

— Celle qui lui avait prédit l'avenir un jour que, voulant imiter une habitude qu'avait eue en son temps le
calife de Bagdad et Commandeur des Croyants, Haroun
Al-Rachid (dont il connaissait l'histoire et la légende, et
qu'il admirait), le petit sultan Boabdil était sorti inco-
gnito de l'Alhambra pour se promener en ville en compagnie de son vizir et de son porte-glaive.

— Son porte quoi?

— Son porte-glaive.

— Ça sert à quoi, un porte-glaive?

— Ça sert à couper les têtes qui ne reviennent pas au
sultan. Ça sert à émonder la race. Et parfois, ça ne sert à
rien. Juste à faire peur aux enfants et à disperser les
foules. Mais je disais que Zoraïda-la-Magicienne…

— Pas Zoraïda! Zoraïda, c'est celle qui a jeté un sort
au musicien d'Alep[10]!

— Tu as raison. La magicienne dont je parle, c'était
Latifa. Latifa-de-Sacromonte, une bohémienne venue
d'Égypte, chrétienne par-dessus le marché. Donc, Latifa-
de-Sacromonte aperçut le petit sultan Boabdil qui se pro-

---

10. Voir «Didem-au-Petit-Serpent» dans le présent volume.

menait au pied des remparts. Il avait eu beau endosser des habits de marchand, Latifa-la-Perspicace reconnut le petit sultan Boabdil sous son déguisement. Elle l'aborda et lui dit: «Sois généreux, ô seigneur mien, et le temps qui est dans le temps qui est dans ta paume, je te le révélerai.» Or, Boabdil subissait à cette époque-là de légers revers. Aïcha, sa mère, une femme dominatrice et ambitieuse, lui disait encore à quelle heure il devait aller dormir.

— Rendez-vous compte!

— Et quand il dormait, elle prenait en main les affaires du royaume et défaisait la nuit le peu qu'il avait accompli durant la journée.

— Rendez-vous compte! Mais rendez-vous un peu compte!

— Et les Rois Catholiques, Ferdinand et Isabelle, s'acharnaient à lui faire des misères parce que, supposément, il leur avait d'abord promis Grenade, puis il avait changé d'avis. Rendez-vous un peu compte! Est-ce qu'un sultan ne peut pas changer d'avis?

— Mais oui!

— Mais oui!

— Mais oui!

— Donc, tout cela fit que le petit sultan Boabdil prêta une oreille sensible à la magicienne, et avant même qu'elle n'ait commencé à parler il lui avait fait cadeau d'une pleine bourse d'or. Latifa prit alors dans la sienne la main de Boabdil et, avec l'aisance d'un mollah qui commente les versets du Livre, elle interpréta le réseau de lignes qui y traçait la destinée du sultan: «On t'enlèvera de force ce que tu n'as pas su céder de gré. Ta perdition prendra la forme d'une reine si l'on parle d'une femme, et si l'on parle d'un homme elle prendra la forme d'un roi. Ils auront pour eux la vaillance et la ruse et ils te repousseront aux confins de la mer. Ta mère, la sultane Aïcha, t'humiliera tant que tu en rapetisseras de honte. Tu verseras en ce seul jour plus de larmes que n'en auront versé tous tes frères musulmans en un siècle. Tu pleureras tant et tant que tes larmes formeront une mare à tes pieds, et la mare des rigoles, et des rigoles sortiront des chevaux tout petits, aussi petits que chacune des...»

— Mais qu'est-ce que tu racontes? Tu t'es trompé d'histoire!

— Mais oui, tu t'es trompé de larmes!

— Ça, ce sont les larmes du roi de l'Envoleur de chevaux[11], pas les larmes de Boabdil! Les larmes de Boabdil, je le sais, moi, Latifa lui a dit qu'il devait les recueillir dans une fiole et ensuite dans une citerne.

— C'est vrai, tu as raison. Vous avez tous raison. Les prédictions de la bohémienne d'Égypte avaient rempli Boabdil d'une telle colère qu'il avait donné l'ordre à son porte-glaive de la décapiter, de la démembrer et de jeter ses restes aux chiens. Mais Latifa-la-Futée avait réussi par toutes sortes d'arguments et de ruses à convaincre le sultan de lui garder la vie sauve, puis elle avait ajouté: «Ô seigneur mien, la toute première larme que t'occa-

---

11. Voir «L'envoleur de chevaux», dans *L'envoleur de chevaux*, Montréal, Boréal, 1986, p. 87.

sionnera la perte de Grenade, tu souffleras dedans jusqu'à ce qu'elle devienne une larme énorme…»

— Oh!

— Ah!

«… une larme gigantesque…»

— Ah!

— Oh!

«… une larme-citerne, capable de contenir toutes les autres larmes de ton corps.»

— Oui! Et elle lui dit aussi qu'il fallait ab-so-lu-ment que ce soit la première de ses larmes qu'on transforme ainsi, car aucune autre larme ne saurait faire l'affaire. Et elle lui dit surtout qu'un jour il transvaserait dans cette larme-citerne une dernière larme qui la ferait déborder.

— Et de ce débordement de larmes une grande consolation viendrait à Boabdil.

— En versant la dernière de ses larmes, celle qui ferait déborder sa citerne de chagrin, Boabdil aurait la consolation de voir périr son pire ennemi.

— Son pire ennemi?

— Son pire ennemi.

— Et qui était son pire ennemi?

— Mais tais-toi et écoute! Tu verras bien!

— Ainsi donc, Latifa-la-Magicienne eut la vie sauve et Boabdil retourna dans son palais de l'Alhambra. Les mois succédèrent aux semaines qui succédèrent aux jours qui succédèrent aux heures, jusqu'à ce qu'un matin où Boabdil, désœuvré, jouait aux osselets dans les Jardins du Generalife, il entendit un grand fracas: c'était Grenade qui tombait entre les mains des Rois…

— ... il entendit des cris de Grand-Guignol: c'était Grenade qui tombait aux mains des Espagnols...

— ... il sortit voir, vous pensez bien, mais il ne trouva rien que ruines, sang et cendres...

— ... et la reine Isabelle...

— ... et Ferdinand, le roi...

— ... et la sultane mère qui était verte de colère.

— Alors Ferdinand et Isabelle dirent à Boabdil: «Donne-nous les clés et va-t'en. Nous sommes chez nous, maintenant.» Quelle ne fut la douleur de Boabdil! Quel ne fut son chagrin! Boabdil ne put réprimer un sanglot. Son vizir qui connaissait la prédiction de Latifa-l'Égyptienne cueillit aussitôt la toute première larme du sultan et s'employa à souffler dedans avec force — mais aussi avec délicatesse — jusqu'à ce qu'elle atteigne la dimension d'une citerne. Et pendant que Boabdil pleurait, et qu'Aïcha se rongeait les ongles, et que le vizir soufflait, et que la larme grossissait à vue d'œil, Ferdinand et Isabelle trépignaient d'impatience: «Alors, ces clés, c'est pour aujourd'hui ou pour demain?»

— Oui, dis, c'est pour aujourd'hui?

— Allons, allons, ou bien c'est pour demain?

— Mais n'était-il pas impensable d'interrompre le vizir dans un travail aussi délicat que le gonflement d'une larme-citerne?

— Exact. On dut attendre qu'il en ait terminé. Par le temps que Boabdil put remettre enfin les clés de sa perte aux Catholiques, il avait pleuré tant et tant que c'est le contenu de cent fioles qu'on versa dans la grande larme. Alors, la sultane sa mère jeta vers Boabdil un regard plein de fiel et de mépris et lui cracha ces mots (très très fort pour que tout le monde entende et pour que le sultan, qui n'était déjà pas grand, devienne plus petit encore): «Pleure! Pleutre! Pleure donc comme une femme le trône que tu n'as pas su défendre ni en homme ni en roi!»

— Oh! la vilaine!

— Voyez-vous ça!

— Et le petit sultan Boabdil dut préparer ses bagages et quitter l'Alhambra. Transporter la larme-citerne ne fut certes pas une mince affaire! Chaque fois qu'on tentait de la déplacer, elle oscillait, perdait sa forme, glissait d'entre les mains qui cherchaient à s'en emparer. Il ne fallait surtout pas qu'elle tombe!

— Non, non!

— Il ne fallait surtout pas qu'elle crève!

— Non, non!

— Il ne fallait surtout pas qu'on n'aie plus de larme-citerne pour recueillir les grosses larmes du petit sultan Boabdil, sans quoi les grosses larmes du petit sultan Boabdil n'auraient plus eu leur raison d'être, qui était, à la fin, de faire périr son pire ennemi, et les grosses larmes du petit sultan Boabdil n'auraient plus servi à rien de rien, sauf à lui mouiller les pieds et à faire enrager sa mère!

— Alors, qu'ont-ils fait?

— Dis, comment ont-ils fait?

— Eh bien, le vizir, qui était un homme intelligent, suggéra à Boabdil de mander des gitans vanniers comme il y en a dans la région. Ceux-ci tresseraient une grande panière pour transporter la citerne aux chagrins du sultan.

Et c'est ce qu'on fit. Bientôt, dans une des cours de l'Alhambra, on vit une douzaine de bohémiens s'affairer à tresser sur place, autour de la larme du roi, un immense panier ansé qui en épousait étroitement la forme. Ensuite, on ferma la panière avec un couvercle et on la fixa solidement à un brancard avec des cordes et des rubans. L'équipage du petit sultan put se mettre en route. Dix hommes furent requis pour transporter la larme-citerne de Boabdil jusqu'au bord de la mer. Dix. Non pas en raison de son poids — car elle contenait encore bien peu de chagrin — mais parce qu'elle était fragile, peu stable, et qu'il fallait prévenir tout risque de chute. À quelques jours de là, ils arrivèrent enfin au petit royaume...

— Au refuge. Qu'est-ce que tu es têtu!

— Bon. Au refuge que lui avait assigné le grand sultan — dont j'ai oublié le nom — qui dirigeait les destinées des rois maures d'Espagne. Et là, ils installèrent la larme-citerne dans un coin protégé du minuscule jardin, entre un réséda à gauche et un térébinthe à droite.

— Tu t'es encore trompé, c'est l'inverse. Le réséda est à droite, et le térébinthe à gauche.

— Si tu veux. Ce n'est pas très important. Ce qui compte, c'est que deux gardiens protégeaient en permanence la citerne aux chagrins pour empêcher les oiseaux de venir y boire (ce qui aurait réduit au fur et à mesure le volume de larmes qu'elle contenait) ou pis, de la transpercer d'un malencontreux coup de bec.

— Et nous voilà revenus au début de l'histoire.

— Exact. Au début de l'histoire. Le roi Boabdil venait de verser sa première larme de la journée sur Grenade perdue. À cette époque, il y avait environ un an qu'il habitait dans son petit palais au bord de la mer et il avait beaucoup pleuré sur tout ce qu'il pouvait afin que se réalise la prédiction de la bohémienne Latifa. Tous les jours, du réveil au coucher, il songeait à tout ce qui lui faisait de la peine ou lui causait du dépit ou du désespoir, il songeait à Aïcha, la sultane mère, à sa ville perdue, à son palais magnifique, et surtout, à son terrible ennemi, Ferdinand, roi de Castille, qui occupait maintenant son trône à l'Alhambra. Ses larmes coulaient alors d'abondance.

— Tant mieux!

— Oui, tant mieux. Car il avait eu beau y transvider chaque jour des fioles et des fioles entières de larmes, la citerne aux chagrins de Boabdil, gigantesque, était presque vide.

— Quand se remplit-elle?

— Oui, dis, quand Boabdil y versa-t-il la larme qui la fit déborder?

— Longtemps après. Des années et des années et des années après.

— N'exagère pas.

— Mais si, je t'assure. Le petit sultan Boabdil avait dû quitter encore une fois son palais. Encore une fois, il avait fait tresser une panière pour sa larme-citerne. Encore une fois, dix porteurs l'avaient soulevée, puis chargée sur un navire. Puis le navire, et la citerne aux chagrins, et Boabdil, et son fidèle vizir avaient traversé la mer jusqu'au Maroc où Boabdil réinstalla sa larme gigantesque dans un autre jardin minuscule lui aussi rempli de pêchers et de paons et de concombres (car Boabdil était

141

friand de concombres), entre un autre réséda à droite et un autre térébinthe à gauche. C'est bien ça?

— C'est bien ça.

— Oui, oui. Continue.

— Et il pleura de plus belle. Car de sultan d'un grand royaume, il était devenu sultan d'un tout petit royaume, et puis il avait cessé d'être sultan pour n'être rien du tout, qu'un officier dans l'armée d'un autre sultan qui, lui, avait toujours son royaume.

— Ce n'est pas mal, officier.

— Pas quand tu as déjà été sultan. Que tu es bête.

— Alors?

— Alors, le petit Boabdil qui n'était plus sultan mais officier pleurait et pleurait et pleurait à fendre l'âme sur sa triste destinée. Il remplissait des fioles et des fioles et des fioles de larmes que le bon vizir versait dans la larme-citerne entre le réséda et le térébinthe du jardin. Et quand l'officier Boabdil partait en guerre pour se battre, il suspendait à sa ceinture des fioles plus petites, moins encombrantes que les fioles ordinaires, et le bon vizir revenait tous les deux ou trois jours à la maison avec ces fioles de voyage pour en transvaser le contenu dans la citerne aux chagrins.

— Entre le térébinthe et le réséda.

— En sorte que, pendant trente-quatre ans, Boabdil pleura et fit la guerre, il fit la guerre et pleura, et le vizir fit d'innombrables allers et retours du jardin au front et du front au jardin. Et peu à peu la larme-citerne se remplit.

— Elle se remplit.

142

— La citerne se remplit?

— Elle se remplit. Tu n'écoutes donc pas?

— Donc, la citerne se remplit jusqu'au bord. Une larme de plus la ferait déborder, le vizir en était sûr et certain. Ah oui, une seule larme suffirait. Le bon vizir revint tout heureux sur le champ de bataille où son maître, le petit officier Boabdil, défendait les intérêts du sultan Maronide de Fès, pour lui annoncer la bonne nouvelle. Son pire ennemi n'en avait plus pour longtemps à vivre! Toutes ces larmes allaient enfin servir à quelque chose! Et il pria l'ex-sultan Boabdil de verser la dernière larme, la plus importante, celle qui ferait déborder la citerne aux chagrins.

— Et Boabdil le fit?

— Bien sûr qu'il le fit, voyons. Quelle question…

— Il le fit, mais il faut avouer qu'il eut un peu de mal. On ne sait trop pourquoi, maintenant que le grand jour était arrivé, le petit officier Boabdil se sentait ému, un peu paralysé devant le dénouement imminent de toutes ces années de chagrin. Peut-être avait-il tellement l'habitude de pleurer qu'il se demandait comment il ferait, maintenant, sans ses larmes quotidiennes et tout le rituel qu'elles commandaient? Il se sentait comme un homme en deuil, triste infiniment, mais ses yeux demeuraient secs.

— Qu'est-ce qu'il a fait?

— Le vizir ne pouvait-il lui frotter les yeux avec un oignon?

— Triple idiot! Les oignons, ça ne compte pas! Il fallait de vraies, vraies larmes!

— Alors?

— Alors?

— Alors, rien de spécial. Le petit Boabdil se concentra très fort, le plus fort qu'il put, sur les objets de sa tristesse: son pire ennemi, Grenade perdue, sa mère insupportable, sa déchéance à lui... et comme un bon acteur trouve toujours ses larmes, le petit Boabdil trouva aussi les siennes. Il lui en vint deux ou trois petites qu'il fit glisser tout doucement dans la fiole. Bien entendu, le vizir n'attendit pas que la fiole soit pleine des pleurs de Boabdil puisqu'une seule larme suffisait. Il dit ceci à son seigneur: «Tu peux sécher tes larmes maintenant. Elles ne sont plus nécessaires. Dans quelques heures, ton pire ennemi aura trépassé.» Aussitôt, il enfourcha son pur-sang, quitta le champ de bataille et galopa jusqu'au jardin de Boabdil. Arrivé à la citerne entre le térébinthe et le réséda, il y versa la dernière larme du petit sultan Boabdil.

— Ex-sultan.

— Ex-sultan. La dernière larme resta longtemps accrochée au col de la fiole, en s'étirant un peu mais sans s'en détacher, comme si là non plus elle ne voulait pas couler. Le vizir la secouait. Elle restait suspendue.

— Oh, l'entêtée!

— Ah, la têtue!

— Mais le moment arriva quand même où la larme tomba de la fiole dans la citerne et...

— Ô prodige!

— Ô miracle!

— Ô jour tant attendu!

— ... la citerne déborda. Tout doucement d'abord. Au début, juste un filet de larmes s'écoula le long de sa panse renflée et le vizir eut tout le temps de se mettre à l'abri. Mais bientôt, le poids de trente-quatre années de pleurs...

— Trente-cinq, si l'on compte l'année passée dans le refuge au bord de la mer...

— Tu as raison. Tu as toujours raison. Pourquoi n'inventes-tu pas tes propres histoires?

— ...

— Je disais donc que le poids de trente-cinq années de larmes fit se fendre la citerne aux chagrins qui déversa tout son contenu dans le jardin de Boabdil avec une violence telle qu'on eût pu croire à un raz-de-marée, trente-cinq années de larmes noyèrent le térébinthe et le réséda et les petits pêchers et les petits concombres...

— ... car Boabdil était friand de concombres...

— ... trente-cinq années de pleurs recouvrirent les petits paons et les arbustes nains et les cerisiers menus.

— Oui, mais, et le pire ennemi de Boabdil, lui?

— À l'instant même où la dernière larme de Boabdil faisait déborder sa citerne aux chagrins, Boabdil recevait une flèche en plein cœur et expirait sur le champ de bataille du sultan Maronide de Fès. La prédiction de Latifa-de-Sacromonte se réalisait.

— Mais non, c'est son pire ennemi qui devait mourir!

— Mais si, car le pire ennemi de Boabdil, *c'était Boabdil!!!*

— Non!

— Si! Parce qu'en vérité, *nul n'a de pire ennemi que lui-même!!!*

— Ah?
— Oui.
— Oh…
— Et voilà l'histoire?
— Et voilà l'histoire.
— Zut!
— Tu nous as bien eus…

HISTOIRE DU MOINE NU
Variation sur un thème kirghiz

La vérité n'est pas la vérité et le mensonge n'est pas le mensonge, ce qui fut ne fut pas et ce qui ne fut pas fut, donc il était une fois et il n'était pas une fois dans l'antiquité du temps qui est dans le temps qui est dans les âges, un moine dont l'ascèse et la dévotion étaient si grandes que partout on le disait saint et béni d'Allah.

Chaque jour, des pèlerins et des voyageurs arrivés des confins du monde tout autant que des villages et des campements voisins s'assoyaient en silence à l'entrée de la grotte du moine en espérant qu'un peu de la bonté et de la miséricorde que le grand Rémunérateur faisait tomber sur lui rejaillirait sur eux. Puis ils repartaient sans l'avoir vu et sans lui avoir parlé — car il n'avait de commerce avec personne — en laissant devant sa retraite des

147

offrandes de riz, de dattes et de melons dont il se sustentait la nuit quand il était seul.

Or, un matin, le moine sortit de sa caverne en pleine lumière (ce qui était contraire à ses habitudes), car ainsi en avait décidé son destin. Au même instant, il aperçut un mendiant en haillons qui, le reconnaissant pour celui qu'il était, se jeta à ses pieds et baisa le bord de sa tunique et se versa du sable sur la tête en signe d'humilité. Puis il fondit en larmes.

— Qu'est cela? Qu'est cela? fit le moine en aidant le mendiant à se relever.

— Ô saint homme, répondit le mendiant, sache que tu as devant toi l'être le plus malheureux que la terre ait jamais porté en son sein! Car j'aime Fatyiâ, la fille de notre Khan, d'un amour si parfait qu'il m'est aussi impossible de tourner mon regard vers une autre qu'il est impossible à Mohammed de se damner!

— Alors, qu'attends-tu pour le lui dire? Si tu es sincère comme doit l'être un bon musulman, si cet amour est pour toi chose sacrée, le Khan qu'on dit être un homme d'honneur et de droiture n'hésitera pas à vous donner l'un à l'autre.

— Saint homme, tel que tu me vois, quoique mon cœur soit pur, j'ai pour tout bien ces quelques haillons… le Khan ne voudrait jamais de moi pour gendre… En vérité, il ne me reste plus qu'à mourir, épuisé de larmes et de chagrin.

Et le mendiant se remit à pleurer de plus belle.

— Pourquoi capituler si vite? dit le moine. As-tu seulement essayé de prouver ta valeur au Khan et de solliciter la main de Fatyiâ?

— Hélas, répondit le mendiant, je me suis rendu hier du côté du campement du Khan pour le prier de m'accorder audience. Mais ses gardes m'ont chassé à coups de pierres et ils m'ont traité de chien. Voilà pourquoi je suis venu te supplier d'intercéder en ma faveur. Car le Khan a pour toi une grande vénération, cela est connu. Parle-lui, je t'en conjure. Si tu lui parles, il t'écoutera.

Le moine consentit à la demande du mendiant, et tous deux se mirent en route.

Arrivés devant la yourte du Khan, ils constatèrent qu'on y donnait un grand festin qui s'étendrait certes sur plusieurs jours, et que des tas de gens se pressaient à l'entrée: des mollahs, des beys, des marchands, des ministres, des musiciens, des jongleurs, et même la vieille Cent-Fois-Écoutée qui était venue pour raconter des histoires. Tous ces gens, les djiguites[12] les accueillaient avec beaucoup de courtoisie et d'honneur, et ils les priaient de s'asseoir à des places de choix dans la yourte.

Quand vint le tour du moine et du mendiant de se présenter à l'entrée, les mêmes djiguites qui tout à l'heure avaient été avec les autres si courtois et si aimables les abreuvèrent d'insultes et menacèrent de leur trancher la tête s'ils ne quittaient pas immédiatement les lieux. Alors, le mendiant dit:

— Par Allah! Prosternez-vous! Car celui que vous venez de maltraiter de la sorte est un envoyé de Dieu sur terre, un saint homme, le même que vénère notre Khan,

---

12. Jeunes hommes forts et vigoureux, excellent cavaliers et gens d'armes, faisant partie de la garde d'un khan ou de la suite d'un bey.

le moine qui vit dans la grotte au pied de la montagne. Allez prévenir votre maître que le saint homme désire s'entretenir avec lui.

Tandis que l'un des djiguites allait trouver le Khan, les autres riaient et se moquaient et couvraient les deux hommes de crachats. Ce qui fut dit au Khan, on l'ignore encore, mais se penchant de loin vers l'entrée, le Khan fit un geste de renvoi et lança: «Ça, un moine? Chassez-moi cette vermine. Je ne veux pas de loques puantes ici.»

Et alors, le mendiant et le moine s'en retournèrent. Que pouvaient-ils faire d'autre?

Sur le chemin du retour, le mendiant n'en finissait pas de se lamenter et de déclarer qu'il ne souhaitait plus rien, après cet échec, que le silence universel de la nuit la plus noire. Mais le moine eut ces paroles qui le consolèrent:

— Devant l'adversité, il faut tirer des enseignements de la sagesse et n'hésiter point à mettre ses dons à profit. Attends-moi là, et ne perds pas courage, quelque temps que j'emploie à reparaître. Allah est grand et il aura pitié de ta douleur.

Ce que disant, le moine était rentré dans sa grotte où il demeura le reste de ce jour-là, puis toute la nuit, puis une partie du jour suivant à prier et à implorer Allah de lui venir en aide. Pendant ce temps, des pèlerins étaient venus et repartis, et ils avaient laissé à l'entrée de la grotte leurs aumônes habituelles. Parmi celles-ci se trouvait celle d'un riche marchand, toute contenue dans un petit sac en soie verte, coincé entre un plat de dattes et une aiguière d'eau.

Quand enfin le moine ressortit de la grotte, au mendiant impatient et nerveux il désigna l'offrande du marchand et il dit:

— Prends cette bourse que tu vois là et qu'Allah a fait déposer ici par un pèlerin en réponse à mes prières. Tu y trouveras de quoi acheter au bazar des manteaux brodés, des turbans de mousseline et des bottes scintillantes. Va, procure-nous ces beaux vêtements et reviens dès que tu pourras.

Ce qui fut dit, fut fait, et c'est ainsi que, quelque temps après, le moine et le mendiant se présentèrent à la yourte du Khan vêtus comme des princes. Les djiguites les reconnurent-ils? Il est permis d'en douter, car ils leur firent cette fois tous les salams d'usage, puis il les invitèrent à entrer, puis ils leur offrirent des places d'honneur à la table du Khan selon le protocole suivant: le moine à la droite du souverain, et le mendiant à sa gauche.

Le festin en était à son troisième jour et les tables croulaient sous les mets. Il y avait à profusion du lait de jument fermenté, puis des yoghourts coupés d'eau tant qu'un mortel peut en souhaiter, et des pilafs bien riches, et des viandes grillées de gazelle et de mouton, puis des sorbets, des dattes et toutes sortes de friandises. Le mendiant, dont le regard n'avait jamais de sa vie rencontré autant de nourriture, n'hésita pas à goûter de tout avec appétit — mais aussi avec modération, car il possédait un sens inné de la bienséance. Quant au moine, après s'être entretenu de quelques banalités et d'autres banalités encore avec son voisin le Khan, il fit une chose étonnante qui pétrifia de surprise toute l'assemblée.

On venait en effet de lui présenter un plat de pilaf regorgeant des meilleurs morceaux de viande parmi tous les morceaux. Le moine alors se lève et aussitôt se dépouille de son beau manteau sous lequel il ne porte aucun autre vêtement, puis il enlève aussi son turban et ses bottes, et il pose le tout sur le siège à côté du sien. Et là, nu comme le sont les fils d'Adam au jour de leur naissance, il prend le grand plat de pilaf et le verse sur le manteau et le turban et les bottes en disant:

— Mangez, vêtements honorables! Mangez, invités de marque!

Ce que voyant, le Khan dit avec colère: «Quelles manières sont-ce là? Pourquoi jeter sur ton manteau cette nourriture bonne à manger?»

— Vois-tu, répondit le moine, hier je suis venu pour te parler, avec le mendiant que voilà que tu as fait asseoir aujourd'hui à ta gauche. Mais nous étions vêtus de haillons et tu nous as chassés comme on chasse des bêtes importunes. Aujourd'hui, nous sommes venus avec des manteaux brodés, des turbans et des bottes, et tu nous as accueillis avec tous les honneurs et tu nous as fait asseoir à tes côtés. J'en conclus que nos vêtements sont tes invités, et pas nous. Pourtant, tels que tu nous vois, ne sommes-nous pas les mêmes hommes, avec ou sans eux?

À ces paroles, le Khan fut pris d'un grand remords, car il venait de constater qu'en effet, c'était bien là le moine qu'il vénérait, et qu'en effet, l'homme qui l'accompagnait était un mendiant en habit de marchand, et qu'en effet, il les avait d'abord chassés de chez lui, et qu'en effet, il les avait ensuite reçus avec générosité. Il

152

ôta sur-le-champ son propre manteau afin d'en couvrir la nudité du moine, puis il se prosterna à ses pieds en le suppliant, par Allah, de lui accorder son pardon. Ensuite, après s'être relevé, il dit à son entourage: «Que celui qui m'honore, honore cet homme ici présent et le tienne en sa plus haute estime, car cet homme est un saint et un envoyé de Dieu sur terre.» Puis il ajouta, à l'intention du moine:

— Dis-moi ce que tu désires. Je t'accorderai tout ce que tu voudras, tant que tu le voudras, je t'en fais ma promesse solennelle.

— Je ne désire rien pour moi, mon Khan. Mais mon compagnon que voilà — qui est lui aussi le même homme sous ses haillons d'hier ou sous ses riches habits d'aujourd'hui — aime ta fille Fatyiâ. Accorde-la-lui, car son amour est sincère et parce que c'est un bon musulman qui respecte les préceptes du Livre.

Le Khan eut un sursaut, une sorte d'hésitation accompagnée d'un petit air de dégoût qui voulait dire «Quoi? Fatyiâ, mon soleil entre tous les soleils, ma rose entre toutes les roses, Fatyiâ ma fille bien-aimée, épouser un mendiant?»

Tout cela, le moine le remarqua, et il dit au Khan:

— La noblesse et la richesse de cet homme sont celles de son cœur et celles de son esprit. Il ne possède aucun bien? Qu'à cela ne tienne. Tu sauras toi-même y remédier. Sache que ses enfants et les enfants de ses enfants et les autres enfants qui viendront après eux s'enorgueilliront de cette descendance.

Alors le Khan approuva ce que disait le moine, car le moine disait juste, et il consentit enfin à donner sa fille Fatyiâ en mariage au mendiant en manteau de marchand.

Au jour fixé, on fit venir les juges et on dressa le contrat. Le Khan offrit au fiancé de sa fille trois cents chameaux, trois cents moutons et trois cents chevaux, puis une yourte, puis des tapis, puis des esclaves. Et quand les époux sortirent de la yourte du Khan, on lança derrière eux l'eau de la fertilité, du bonheur et de la chance.

Et la grâce des époux fut à la mesure de la bonté d'Allah.

Mais le moine ne vit rien de tout cela, car il était depuis longtemps retourné vivre en ermite dans sa grotte, au pied de la montagne, dans le désert, là où le vent qui souffle est si chaud et si sec qu'il rompt les os des bêtes et les réduit en poussière.

HISTOIRE DE L'OISEAU BOULBOUL ET DU PARFUMEUR JUIF

Il y avait autrefois à Mossoul un parfumeur juif qui faisait d'excellentes affaires. Parmi sa clientèle — marchands arabes, seigneurs persans, nobles dames et leurs servantes — se trouvaient aussi quelques femmes libertines venues du Caucase, de Turkménie ou d'aussi loin qu'Ifrîqiyya, dont l'une, bien dorée et de chair généreuse, excitait fort sa convoitise. Elle s'appelait Âtash, c'est-à-dire Feu ardent, et elle portait bien son nom. Lorsqu'elle marchait dans la rue, ses voiles mêmes, plaqués sur elle par la brise, dissimulaient à peine le bombé de son mont tant celui-ci était charnu. Riait-elle d'une grivoiserie, ses seins ronds plus gonflés que des outres pleines et agités de secousses avaient le pouvoir de rendre fou le parfumeur. Alors il tendait vers eux les deux mains dans l'espoir que, cette fois, Âtash se prêterait au jeu et le laisserait rouler entre ses doigts leurs bouts proéminents et durs comme des pierres de cerises. Mais aux côtés d'Âtash, le parfumeur ressemblait à un pou tant il est vrai qu'un homme de petite taille souvent s'échauffe pour une femme copieuse et, toujours, Âtash le repoussait en s'esclaffant presque, car une telle réunion lui paraissait du plus haut ridicule:

— Allons! Toi, si vieux, si chétif et si rabougri! Si ton objet ressemble au reste de ta personne, quelle famine pour l'appétit levé sous ma coupole! Occupe-toi plutôt de baumes!

Puis elle empochait en riant le petit paquet d'odeurs que le juif lui avait préparé, et elle s'en allait.

— Occupe-toi de baumes! Occupe-toi d'aromates! maugréait le boutiquier. Il repensait à sa jeunesse, à ses dégustations d'alors, à ses débauches, il se remémorait les femmes mûres, les beaux adolescents qui, à la seule vue de l'instrument dressé entre ses jambes — en ce temps-là, il était de fort belle taille — n'hésitaient pas à s'y empaler d'eux-mêmes, qui par derrière, qui par devant! Ah! l'on s'inquiétait bien peu que le parfumeur fût lui-même de faible dimension quand l'objet que l'on sait l'emportait presque en robustesse sur celui d'un âne! Seul comptait, en vérité, que le parfumeur sût mener à bien ses opérations amoureuses grâce à un levier aussi superbe et plein!

Ce que songeant, le parfumeur déliait son pantalon et constatait une fois de plus qu'il ne disposait là que d'une bien vilaine petite chose, plissée et ratatinée par l'âge et l'inaction. Âtash avait raison de se moquer.

— Par Dieu! que ne retrouves-tu une fois, une seule, ta vigueur?

Il se plaignait à voix haute, s'efforçant par mille moyens de faire se dresser son appareil, il imaginait les seins d'Âtash, la croupe d'Âtash, le nombril d'Âtash, il promettait de donner sa fortune aux pauvres, il invoquait Abraham, Isaac et Jacob… et voyant que ces derniers ne suffisaient pas à la tâche, il implorait David, et encore Moïse, et encore Josué… tout cela en vain.

Or, juste à ce moment passait sous sa fenêtre un magicien arabe, habile dans les ruses. Lorsque les propos et les lamentations du parfumeur parvinrent à ses oreilles, il comprit aussitôt qu'avec un peu d'astuce et beaucoup d'art il saurait profiter largement de la fortune du vieil homme. Entrant sans s'annoncer chez le parfumeur, il dit:

— Ho! parfumeur! Dans quel pitoyable état es-tu? Que signifie cela?

Et le juif, surpris dans la situation qu'on imagine, rougit de honte, car ce qu'il exhibait était en effet lamentable. Pour se justifier, il se mit en devoir d'expliquer son affaire au magicien qui, devant si vif emportement, avait du mal à retenir son rire.

Quand le parfumeur en eut terminé avec son récit, le magicien lui fit la demande suivante:

— À combien estimes-tu de pouvoir à nouveau exercer ton activité?

— Je ne mets pas de prix sur ce plaisir!

— Mais encore?

— Ahhh! sache que pour ficher mon appareil dans la coupole chaude d'Âtash et l'occuper entièrement, pour la fermer hermétiquement, pour aller et venir dans son jardin parfumé jusqu'à la guérison de mon…

— Abrège, intervint le magicien. Si je t'aide, que me donneras-tu?

— Tu peux m'aider?

— Je peux t'aider, mais ce n'est pas simple. Combien me donnes-tu?

— Quatre cents dirhâms d'argent.

— Tu te moques de moi.

— Cinq cents?

— Ton désir ne vaut pas cher.

Et il fit mine de s'en aller.

— Attends! dit le parfumeur juif. Fixe toi-même ton prix.

Le magicien réclama alors du parfumeur le gîte, la nourriture et les boissons ainsi que de jeunes esclaves des deux sexes pendant tout le temps que dureraient ses opérations. Il voulut aussi la somme de mille dinars d'or pour les dépenses qu'il aurait à encourir. Il exigea en outre que le parfumeur lui remît mensuellement cinquante-sept pour cent de tous les bénéfices que lui rapporterait son commerce et ce, jusqu'à la conclusion de sa vie sur terre. Enfin, il insista pour que le parfumeur rédigeât un testament faisant de lui son unique héritier.

— Dépouille-moi tout de suite de mon bien, ce sera plus simple! rétorqua le juif.

— Ton choix est limité, poursuivit le magicien, imperturbable. Veux-tu un outil long, fort et épais comme un avant-bras, qui te comblera et qui fera défaillir d'aise la femme que tu convoites, ou préfères-tu conserver à jamais cette relique grotesque et flétrie qui pendouille entre tes cuisses? À toi de décider. Pour moi, c'est du pareil au même.

Bien évidemment, ils tombèrent d'accord.

Le magicien mit aussitôt le parfumeur au courant de la méthode qu'il comptait employer pour respecter sa part du marché.

— En temps et lieu, tu frotteras ton objet avec une pommade composée de la mixture suivante: les bourses de deux chameaux, séchées au soleil puis broyées dans un creuset, auxquelles auront été ajoutés de la pariétaire, du cubèbe, de la graisse de loup et un autre ingrédient, le plus important de tous: trois cents poils du pubis de ta belle Âtash qui auront macéré trois cents jours et trois cents nuits dans un bain de musc et d'ambre gris. Et c'est là la partie la plus difficile de mon entreprise, car ces poils doivent avoir été cueillis à l'entrée du réduit d'amour de la femme, à raison d'un par nuit pendant trois cents nuits consécutives, pas une de plus, pas une de moins, et dans l'instant suivant immédiatement ses effusions. Sinon, tout est à recommencer.

— Mais il y a là pour près d'un an de travail!

— Eh oui!... Et j'oubliais... sans qu'elle s'en aperçoive...

— Impossible.

— Pas pour moi.

En prononçant ces mots, le magicien prit la forme d'un passereau chanteur, de ceux que les Persans nomment boulboul, ce qui veut dire rossignol.

Le parfumeur demeura saisi un moment par cette métamorphose si inattendue et si parfaite, mais il était issu d'une civilisation habituée à des prodiges encore plus extraordinaires et son émoi fut de courte durée. Bien vite, le parfumeur et l'oiseau boulboul poursuivirent, mine de rien, leur conversation.

— Sous cette forme, il me sera facile d'entrer dans les appartements d'Âtash sans être aperçu et même, au besoin, de franchir le treillis de ses moucharabiehs. J'attendrai alors qu'elle en ait terminé avec celui-ci ou celui-là, et quand elle sera encore engourdie des aises qu'ils auront prises ensemble et déjà ensommeillée, je me faufilerai près d'elle et, à l'aide de mon bec, je prélèverai très délicatement sur son mont le poil dont je t'ai parlé. Elle croira à une morsure de puce.

— Ta pommade... tu en garantis les résultats?

— Absolument. Tu seras pourvu comme ne l'a jamais été animal sur terre, qu'il soit de deux ou de quatre pattes.

— Et j'aurai Âtash?

— Ça, ce ne sera pas de mon ressort mais du tien.

Ainsi il dit (mais se garda bien de tout dévoiler), et fit comme il avait raconté. Chaque nuit, le magicien prenait la forme de l'oiseau boulboul et se rendait chez Âtash. Il assistait alors à ses épanchements puis, dès que l'occasion se montrait propice, il faisait ce qu'il avait à faire. Rapportant dans son bec le poil pubien de la généreuse libertine, il le mettait à tremper avec les autres dans la marinade.

Ce va-et-vient de l'oiseau boulboul des appartements d'Âtash à la maison du parfumeur dura près de cinq ans, car le magicien avait pris soin d'en interrompre de temps à autre la séquence, ce qui l'obligeait à tout recommencer à zéro. Il profita ainsi tant qu'il put des largesses du parfumeur à qui il soutirait à l'occasion des honoraires supplémentaires pour rencontrer les dépenses reliées à sa mission, et à qui il réclamait en outre tous les jours des mets raffinés et abondants, des sorbets et des boissons fermentées, des gâteaux, des dattes et des friandises de toutes sortes. Enfin, comme les opérations nocturnes de la voluptueuse Âtash auxquelles il assistait avaient le don d'échauffer les sens du magicien enfermé dans l'oiseau boulboul, il exigeait du parfumeur que celui-ci renouvelât, avec régularité et à grands frais, sa provision de jeunes vierges et de garçons à peine pubères dont il prenait la fleur et abusait de mille et une façons aussi longtemps qu'il conservait une apparence humaine. Hélas! le voisinage de ces frivolités ne profitait en rien au vieux parfumeur: son appareil refusait toujours aussi obstinément de se lever.

Au bout de cinq ans, le boutiquier atteignit le plus haut période de son impatience et menaça le magicien de lui tordre le cou à chaque fois qu'il se métamorphosait en oiseau boulboul si on ne lui livrait pas bientôt la marchandise pour laquelle sa fortune avait déjà été largement entamée. Le magicien comprit que sa plaisanterie avait assez duré et jugea le moment venu de fabriquer la pommade miraculeuse. Il s'enferma pendant de longues heures et pétrit ensemble les ingrédients décrits plus haut, soit les bourses de chameaux, la pariétaire, le cubèbe, la graisse de loup et, bien entendu, les poils d'Âtash macérés dans le musc et l'ambre gris. Cependant, à ces premières substances il en ajouta secrètement d'autres qui étaient très, très, très mystérieuses et très, très, très puissantes.

Vint le moment fatidique.

Ayant revêtu pour l'occasion une simple tunique en soie légère qui ne l'entravait pas, le parfumeur commença de badigeonner son vilain petit ustensile avec la pommade du magicien et

— Ooooooaaaaaaahhh!

Quelle ne fut sa stupeur quand il vit l'objet s'allonger aussitôt, grossir, enfler! Par Dieu et par tous les prophètes, il augmentait en force et en dimension! Il devenait rapidement un épieu gigantesque, une colonne, un pilier de tente! Jamais, même dans ses années les plus vigoureuses, le juif n'avait possédé un engin aussi admirable! Le parfumeur regardait, interdit, sa toute petite chose rabougrie et usée faire place à une grande et belle chose toute neuve, et dense, et forte, et longue et épaisse comme un bras, un outil au relief majestueux, à la courbe parfaite, à la tête bien renflée et d'un rouge avenant! Ah, dites... quel mulet, quel étalon n'en serait pas mort d'envie? Vraiment, joie et stupéfaction se partageaient l'esprit du parfumeur que ce prodige entre tous les prodiges rendait muet d'émotion. Mais bientôt, l'excitation propre à son état fit qu'il eut tout à coup en tête une vision de l'objet de sa convoitise, Âtash aux seins superbes et au ventre rond comme une tente beylicale, Âtash à la croupe de cavale et aux cuisses puissantes comme les arcades d'un monument, et il recouvra la parole:

— Âââtaaaaaaash!

Le parfumeur se précipita dehors, en chemise, sans pantalon, et il courut tant bien que mal jusque chez Âtash la généreuse devant une foule toujours plus dense de Mossouliotes qui le regardaient passer pliés en deux de rire. Car le poids de son appareil le projetait sans cesse en avant, aussi devait-il le tenir à deux mains et écarter les jambes pour conserver son équilibre, et c'est de la sorte qu'il courait, l'air d'un petit crapaud affublé d'un sexe trois fois plus grand que lui, en s'essoufflant à hurler feu! feu!, ce qui était en réalité le prénom d'Âtash la libertine.

Voyant cela, un plaisantin lui lança une pleine cruche d'eau sous prétexte d'éteindre l'incendie. Mais le parfumeur ne se laissa pas distraire et, accompagné par l'oiseau boulboul qui s'était perché sur son instrument comme sur une branche, il gravit de peine et de misère les escaliers conduisant chez Âtash. Dès que la femme eut constaté la taille extraordinaire de l'ustensile du vieil homme, son visage fut enfin éclairé par l'admiration et le désir qu'il avait si longtemps souhaité obtenir d'elle, et Âtash, sans détacher ses yeux de l'objet stupéfiant que le parfumeur brandissait, déchira ses vêtements, se renversa sur le dos et, bien loin de repousser le juif, elle lui ordonna:

— Donne-moi ça tout de suite! Donne!

Et le parfumeur dit à son tour:

— Alors tiens! Prends!

Il plongea aussitôt d'un coup son instrument dans la hutte de la femme, jusqu'à la garde, ce qui eut pour effet de leur arracher à tous deux un ronron de contentement.

S'ensuivirent des ébats dignes de figurer dans les annales de Mossoul. Des heures durant, ce ne furent que morsures et baisers, et soupirs et succions de toute nature, et que je t'enfourne! et que je t'envulve! et que je te baratte! Le parfumeur et la libertine échangeaient des propos délicieux, «Mon petit hérisson de lait», ou «Mon beau Père pleureur», ou «Mon lion au grand cou», ou «Mon joli lapin sans oreilles», ou «Mon gaillard à l'œil humide», ou «Ma coque dodue à la rose amande» sans jamais interrompre leurs serrements, leurs frottements, leurs secouements. Parfois, le parfumeur dégageait son appareil du moulin charnu d'Âtash qui se retournait et proposait au vieil homme deux fesses bien rondes et bien molletonneuses qu'il malaxait, mordillait, tapotait et embrassait sans omettre d'y polir aussi son instrument; parfois Âtash elle-même opérait sur la colonne monumentale du juif, alors ses abondances de chair s'abattaient vigoureusement sur le petit parfumeur, s'en séparaient et s'y jetaient encore; l'homme à l'engin de cheval disparaissait presque sous la masse volumineuse et experte d'Âtash qui prenait de lui ce qu'elle avait à prendre une première fois, puis une deuxième, puis une troisième, tandis que dehors, la foule scandait leurs échauffements sonores par des applaudissements, des exhortations et des poèmes! L'oiseau boulboul, quant à lui, ne perdait rien de la scène étonnante qui s'offrait à sa vue, il admirait l'habileté du parfumeur qui, ayant repris le commandement des opérations, avait placé les pieds d'Âtash sur ses épaules, fourbissait énergiquement l'embout de son levier sur la porte de la maison chaude qui se présentait à lui sans vergogne et plus bombée, plus juteuse qu'une orange, puis il en fouillait le fourneau de l'entrée jusqu'au fond, puis en haut, puis en bas, puis à droite, puis à gauche, en s'élevant, en s'abaissant, en s'agitant comme il se doit, ce qui plongeait Âtash dans des émois indescriptibles et la conduisait aux bornes de la mort. Et ils continuèrent tant et si bien à s'accoler, à se soulever, à s'attacher et se détacher, à s'arc-bouter et se frotter dans des gargouillis et des glouglous de gargoulette, à dépenser l'un pour l'autre mille baisers, mille caresses et autant de pincements, de ronrons et de morsures qu'arriva un moment où, le parfumeur ayant épuisé pour contenter Âtash toutes ses ruses et toutes ses techniques, il ressentit le désir pressant de répandre son eau. Alors, ordonnant à Âtash de serrer fortement ses cuisses autour de l'appareil considérable qui allait et venait dans sa coupole, il en accéléra le mouvement et fut bientôt saisi d'un grand râle tandis que les seins dodus d'Âtash étaient secoués en tous sens au rythme des scansions de la foule postée sous la fenêtre, et que la substance vive du parfumeur s'écoulait enfin de lui en jets abondants et savoureux… oooh comme elle s'écoulait… aaah comme elle se répandait encore… aaah comme elle n'en finissait plus de se déverser… jusqu'à ce que — ô prodige! ô catastrophe! — le parfumeur juif, son grandiose instrument et sa semence se fussent tous trois fondus ensemble, et qu'ils se fussent tous trois liquéfiés ensemble, et qu'il ne restât rien du tout du petit parfumeur et de son outil chevalin et de son précieux suc, rien d'autre qu'une mare poisseuse, stagnant entre les jambes de la libertine.

Voyant la conclusion heureuse de ses opérations magiques, l'oiseau boulboul vint se percher, fort satisfait, sur le ventre plantureux d'Âtash. La femme ne s'était aperçue que des bienfaits dont l'avait gratifiée le parfumeur et elle tardait à descendre de son extase. Quand elle revint enfin à elle, elle n'eut pas le temps de remarquer l'absence du parfumeur, car déjà l'oiseau boulboul retrouvait sa forme humaine juste sous son regard. L'apparition soudaine d'un magicien accroupi sur ses hanches stupéfia la libertine, mais elle y prit vite goût et son corps se tendit de nouveau. Alors le magicien lui adressa un clin d'œil complice et, avant de jouir d'elle à son tour, il lui murmura à l'oreille:

— Des comme ça, je t'en donnerai tant que tu en voudras si tu acceptes d'unir ta destinée à la mienne...

Comme on peut s'y attendre, elle consentit sans se faire prier.

Les Mossouliotes ne se formalisèrent guère de la disparition du parfumeur puisqu'il avait connu une fin béatifique. Plutôt, ils élevèrent le magicien au rang d'émir en reconnaissance des pouvoirs dont plusieurs d'entre eux entendaient bien profiter un jour.

Riche de l'héritage du parfumeur et de la considération des gens de Mossoul, le magicien vécut longtemps près de la belle Âtash au lapin charnu en partageant avec elle la compagnie d'esclaves de tous sexes et de tous formats et ce, jusqu'à ce que Celle qui rompt les liens et détache les êtres qui sont unis eût accompli son œuvre séparatrice.

HISTOIRE DE DIDEM-AU-PETIT-SERPENT ET DU MUSICIEN D'ALEP

Pour Jean,
qui me l'a racontée,
cette histoire.

On raconte — mais nul autre qu'Allah ne saurait vérifier ces choses! — que vivait autrefois à Smyrne la fille d'un respectable dinandier. Didem (c'est ainsi qu'elle s'appelait) possédait un visage moins parfait que la lune en son plein, certes, mais agréable, ses yeux bien ouverts étaient de jais comme ceux des gazelles du désert, et Allah — parce qu'en toute chose Il est généreux et juste — l'avait faite sans égale pour la franchise et la droiture. Or, un jour d'entre les jours que Didem regagnait sa maison en revenant des bains, elle croisa sur son chemin un musicien arrivé d'Alep (mais elle ignorait encore cela) qui, sans qu'elle y pût rien, s'en approcha doucement pour la regarder jusqu'à l'âme. Il vit, il en fut ému, et il dit:

— J'ai roulé, Didem. J'ai vécu. Ballotté par des tempêtes et projeté contre des écueils. J'ai fui ce que je cherchais et cherché ce qui m'a fui. Ma fatigue est immense mais je n'ai pas renoncé à rêver. Ma joie renaît de voir passer dans ton cœur toutes les béatitudes. Veux-tu de moi?

Didem rattrapa entre ses dents le voile que, dans sa stupeur, elle avait laissé tomber. Une question trembla jusqu'à ses lèvres:

— Comment sais-tu qui je suis? Pourquoi?

— Je t'observe et te suis depuis longtemps. Pour le nom, on me l'a dit. Si j'ose aujourd'hui t'adresser la parole, c'est que toute chose ayant son heure prescrite sur la terre, le moment en était venu.

Didem, que ces propos bouleversaient et jetaient dans un trouble considérable, s'enfuit aussitôt chez elle. Elle y demeura de longs jours, craintive et retranchée derrière ses murs.

Le matin arriva quand même où Didem voulut se rendre au hammam. Quittant l'abri de ses moucharabiehs, elle avança prudemment au long des venelles et à travers les places, mais, constatant qu'elle n'était pas suivie, elle en ressentit bien malgré elle un émoi qui l'étonna fort.

Sa déception fut de courte durée. Au retour, elle entendit derrière elle la voix mélodieuse et ferme du musicien d'Alep lui répéter ce que déjà elle lui avait déclaré, et encore un peu plus. Cette fois, Didem sut conserver son calme. Ils marchèrent, l'un suivant l'autre et parfois l'autre suivant l'un, par les rues de Smyrne et par tous les détours que leur désir naissant d'être ensemble leur faisait emprunter.

Leurs rencontres dès lors se multiplièrent. Didem sortit souvent pour aller aux bains ou au bazar et, à chacun de ses retours le musicien d'Alep la venait rejoindre pour échanger avec elle des propos légers, des confidences, bientôt des aveux, de sorte que de ténu, le lien qui les unissait devint aussi puissant que le cordon d'argent auquel est suspendu le monde.

Ils se marièrent, en des noces discrètes que leur offrit le dinandier.

(... la nuit, le jour, des sons croustillent et dansent sous l'archet du musicien d'Alep, ils ondulent ensuite longtemps telles d'enivrantes houris du Ciel, puis ils vont s'achever dans une longue psalmodie quasi sacramentelle dont la tristesse n'est jamais qu'apparence...)

Or, il arriva que le bonheur des époux fut terni.

Du bout de l'horizon claquèrent des ailes comme un fouet gigantesque. C'étaient les ailes de Zoraïda-la-Magicienne, Zoraïda-la-Perfide, Zoraïda-la-Rouée, Zoraïda dont les yeux étaient des tisons noir et vert chargés de ruses et de malignité.

Les magiciennes aiment de temps en temps des hommes. Et de temps en temps Zoraïda aimait le musicien d'Alep.

Elle le pourchassait alors. Le cernait. L'épiait. Puis elle s'insinuait en lui, s'infiltrait dans ses veines pour mieux le posséder. La passion de Zoraïda ballottait le musicien d'Alep comme une tempête, et lorsque sa fièvre s'apaisait, Zoraïda rejetait le musicien d'Alep contre des écueils.

Et voilà que Zoraïda aimait à nouveau le musicien d'Alep.

Mais, maintenant, le musicien d'Alep aimait Didem.

— Malheur à toi! cracha Zoraïda. Tu ne veux pas être mien? Soit. Alors, en ce cas...

Zoraïda écumait. En agitant ses ailes comme des palmes que l'orage secoue, elle prononça, avant de disparaître dans ses enfers, l'incantation suprême:

— Tu te feras serpent de tes propres mains! Je le veux!

Et ainsi il advint.

Dès ce jour, à chaque fois que les mains du musicien d'Alep se posaient sur lui-même, une écaille poussait à l'endroit de son corps qu'il avait touché. Peu à peu, il se couvrit de petites lamelles luisantes. Et sa langue commença à se fendre en deux. Didem, horrifiée, fuyait cet homme de plus en plus froid, de plus en plus cruel et venimeux qu'elle aimait pourtant. Elle ne supportait plus les caresses glacées du musicien reptile, les baisers fourchus de l'époux qu'elle aimait toujours. Pendant ce temps, le musicien d'Alep se débattait entre l'homme qu'il était encore et le serpent qu'il était déjà. De Didem, il ignorait s'il la désirait davantage, s'il la désirait moins, s'il voulait l'embrasser ou la mordre, et ces tiraillements douloureux le faisaient s'enrouler sur lui-même pour réfléchir dans un coin sombre ou pleurer ou dormir ou laisser passer le temps.

Et le temps passa.

Et en passant, le temps acheva sa métamorphose.

Ah, Didem! pauvre Didem! Douteras-tu jamais devant un tel prodige des pouvoirs infinis de Zoraïda-l'Ensorceleuse? Que peut l'amour contre pareille perfidie? Ton musicien d'Alep n'avait plus de mains, plus de bras, plus de jambes, la musique en lui ne croustillait plus et ne psalmodiait plus. Ton serpent musicien était sourd et sa langue muette. Entre ses mâchoires coulait un poison mortel. Ah, pauvre Didem! Ton époux d'Alep ne marchait plus, il rampait. Et quand il rampait, ses écailles en glissant sur le sol faisaient un bruit de riz.

Mais par moments il y avait encore un homme au fond du serpent d'Alep, et cet homme aimait Didem-l'Infortunée.

L'été à Smyrne est torride. Une nuit, Didem-la-Solitaire ayant fait porter un matelas sur la terrasse du toit pour y dormir à l'aise, le serpent son époux la suivit, la regarda, l'admira, la désira. La vue de son corps endormi à peine voilé par le coton d'Égypte, ses épaules accueillantes, ses seins copieux, sa croupe, qu'elle avait ferme et ronde et moulée sur celle d'une cavale afghane, tout cela fit qu'il ne put résister à l'envie de se couler contre sa peau. Alors, le serpent se glissa auprès de son épouse le plus doucement du monde afin de ne pas l'éveiller, il rampa sur sa jambe, sur sa cuisse, sur sa

hanche, puis vers le bas du dos, ce lieu de toutes résonances, où le serpent d'Alep déposa un baiser.

Non. Que dis-je... un baiser? Le serpent impatient
d'amour mordit Didem. Et dans sa passion il lui injecta
son venin épouvantable.

Mais — loué soit Allah! — l'homme dans le serpent
d'Alep eut assez de conscience pour voir qu'il tuait ainsi
son amour. Et il se rappela tout soudain que le seul anti-
dote au venin est le venin lui-même. Avant que Didem
eût pu se rendre compte de ce qui arrivait, le musicien
reptile s'était faufilé dans la blessure de sa bien-aimée
pour la sauver de sa morsure. Et il avait rampé, en se faisant tout petit, tout petit, pour transporter son venin anti-
dote jusqu'entre ventre et rein, au bas du dos de son
épouse, en ce lieu de toutes résonances où le Luthier des
corps avait fixé son âme.

Depuis, Didem-au-Petit-Serpent porte son mari dans
son dos. Quand elle glisse sur lui sa main, le petit serpent
tressaille.

*

L'histoire de Didem-au-Petit-Serpent et du musicien
d'Alep traversa l'univers des Croyants comme une traî-
née de poudre. Les chanteurs l'ont chantée. Les conteurs
l'ont contée. Les poètes l'ont mise en vers qu'on a brodés
sur des bannières et suspendus dans les mosquées. Les
bédouins du désert l'ont déclamée dans les cours d'a-
mour. Les filles de Perse et celles du Caucase, les filles
de Turquie, du Yémen et celles d'Arabie l'ont tissée dans

leurs tapis, leurs kilims et leurs ornements de tentes. Partout dans les boutiques de Bagdad, chez les artisans de Syrie, sur les places publiques et dans les souks de Bursa et de Damas, dans les sérails, les harems, les divans et les jardins, Didem-au-Petit-Serpent et le musicien d'Alep ont été récités, mimés, psalmodiés. Ils ont été gravés par les pères sur les armes des fils, et brodés par les mères sur les pantoufles des filles, et tressés par les amants dans les cheveux de leurs maîtresses, et cousus par les maîtresses dans les turbans de leurs amants.

Conjurer les sorts jetés par toutes ensorceleuses; préserver les femmes des serpents qui furent déjà des hommes: voilà pourquoi, depuis, les mères insèrent à la naissance un vif petit serpent dans le dos de leur fille, entre ventre et rein, en ce lieu de toutes résonances où le Luthier des corps leur a fixé une âme.

Et voilà aussi pourquoi, quand une main aimante caresse le dos d'une femme, son petit serpent tressaille.

JUSTIFICATIFS

Quelques-uns des textes de ce recueil ont fait l'objet, dans une forme parfois différente, de diffusions ou de publications antérieures.

«Le Bain du Roi»:
- *Depuis 25 ans,* collectif, Charlebourg, Les Presses Laurentiennes, collection Sortilèges, 1987.

«Barrio San Telmo»:
- *Plein chant,* «Nouvelles francophones d'aujourd'hui», sous la direction de René Godenne, Bassac (France), n°s 37-38, automne-hiver 1987.
- *Rencontres/Encuentros - Écrivains et artistes de l'Argentine et du Québec/ Escritores y artistas de Argentina y Quebec,* collectif, Montréal, Éditions Sans Nom, 1989.
- Émission *Inédits,* Société Radio-Canada, 22 décembre 1987, réalisation de Gilles Archambault.

«Bleu»:
- *Le Devoir,* 15 novembre 1986.
- *Écriture,* n° 31, Lausanne (Suisse), automne 1988.
- Émission *Inédits,* Société Radio-Canada, 22 décembre 1987, réalisation de Gilles Archambault.

«Histoire des suspendus d'Okaz»:
- Émission *Inédits,* Société Radio-Canada, 5 septembre 1989, réalisation de Gilles Archambault.

«La joute du Sarrasin»:
- *XYZ,* n° 20, Montréal, novembre 1989.
- Émission *En toutes lettres,* Société Radio-Canada, automne 1988, réalisation de Raymond Fafard.

«Mains-Maisons»:
- *Aimer,* collectif, sous la direction de André Carpentier, Montréal, Quinze, 1986.

«L'Ours Gavamat»:
- *Vice Versa,* n° 21, Montréal, novembre 1987.
- *NYX,* n° 10, Paris, 2e trimestre 1989.

«Les petites filles modèles»:
- *XYZ,* n° 11, Montréal, automne 1987.

«Reviendrons-nous enfin à Saint-Gilles à la nuit tombante?»:
- *Aérographies,* collectif, Montréal, XYZ Éditeur, collection Pictographe, 1989.

TABLE DES MATIÈRES

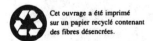

Cet ouvrage a été imprimé
sur un papier recyclé contenant
des fibres désencrées.

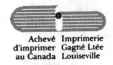

Achevé   Imprimerie
d'imprimer Gagné Ltée
au Canada Louiseville